初級英檢模擬試題① 詳解

閱讀能力測驗

第一部份：詞彙和結構

1. (**C**) It's almost 7:30.　Get up quickly and <u>hurry</u> to school.
   現在已經快七點半了。快點起床，<u>趕快</u>到學校。
   - (A) arrive〔ə'raɪv〕*v.* 到達
   - (B) attend〔ə'tɛnd〕*v.* 上（學）
   - (C) *hurry*〔'hɝɪ〕*v.* 趕快前往
   - (D) follow〔'falo〕*v.* 跟隨
   - * almost〔'ɔl,most〕*adv.* 幾乎　　***get up*** 起床

2. (**B**) Tanya is eleven, and Becky is twelve.　Tanya is <u>junior</u> to Becky by one year.
   唐雅今年十一歲，貝姬今年十二歲。唐雅<u>比</u>貝姬<u>小</u>一歲。
   - (A) elementary〔,ɛlə'mɛntərɪ〕*adj.* 基本的
   - (B) *junior*〔'dʒunjɚ〕*adj.* 較…年輕的 < to >
   - (C) senior〔'sinjɚ〕*adj.* 較…年長的 < to >
   - (D) similar〔'sɪmələ〕*adj.* 相似的 < to >
   - * by 表「差距」。

3. (**A**) The speaker will allow students to <u>record</u> today's speech.　演說者將會允許學生<u>錄下</u>今天的演講。
   - (A) *record*〔rɪ'kɔrd〕*v.* 錄音
   - (B) remember〔rɪ'mɛmbɚ〕*v.* 記得
   - (C) reach〔ritʃ〕*v.* 到達　　(D) react〔rɪ'ækt〕*v.* 反應
   - * speaker〔'spikɚ〕*n.* 演說者　　allow〔ə'lau〕*v.* 允許
     speech〔spitʃ〕*n.* 演講

4. (**C**) You can learn more by <u>previewing</u> the new lesson before class.

你可以藉由上課前<u>預習</u>新課程，而學到更多。

    (A) review〔rɪ'vju〕v. 複習

    (B) concentrate〔'kɑnsṇ,tret〕v. 專心於 < on >

    (C) ***preview***〔'pri,vju〕v. 預習

    (D) focus〔'fokəs〕v. 專心於 < on >

    * ***by + V-ing*** 藉由~（方法）

5. (**B**) The <u>air conditioner</u> doesn't work, so the room is hot and stuffy. <u>冷氣機</u>壞了，所以房間又熱又悶。

    (A) cell phone 手機

    (B) ***air conditioner*** 冷氣機

    (C) washing machine 洗衣機

    (D) vending machine 自動販賣機

    * work〔wɝk〕v.（機器）運轉
      stuffy〔'stʌfɪ〕adj.（房間）通風不良的

6. (**D**) When the final exam was over, my sister and I rode our bikes home. We went to bed right away because <u>both</u> of us were very tired.

期末考結束後，我姊姊跟我騎腳踏車回家。我們馬上上床睡覺，因為我們<u>兩個</u>都很累。

    「姊姊和我」共兩個人，故代名詞用 both「兩者」。

    (A) all 指「（三者以上的）全部」，(B) three「三人」，
    (C) most「大部分」，用法皆不合。

    * ***final exam*** 期末考　　over〔'ovɚ〕adv. 結束
      ride〔raɪd〕v. 騎　　***right away*** 馬上

7. (**A**) Studying with good friends <u>is a lot of</u> fun.

和好朋友一起唸書，<u>是很</u>快樂的事情。

$$\begin{cases} sth. + \text{be 動詞} + \text{fun} \quad 某事很有趣 \\ sb. + \text{have} + \text{fun} \quad 某人玩得很愉快 \end{cases}$$

(B) 須改為 is great fun (動名詞當主詞，視為單數)

(C) 須改為 is much fun (主詞為事物)

8. (**B**) Alice <u>has been writing</u> the English composition since this morning.

愛麗絲從今天早上起，就<u>一直在寫</u>這篇英文作文。

有介系詞 since (自從) 的句子中，動詞時態用「現在完成式」或「現在完成進行式」，表示「從過去持續到現在的動作或狀態」，故選 (B) ***has been writing***。

* composition〔͵kɑmpəˈzɪʃən〕n. 作文

9. (**D**) Sarah invites <u>us</u> to celebrate her fourteenth birthday in a Japanese restaurant.

莎拉邀請<u>我們</u>到一家日本餐廳，慶祝她十四歲的生日。

動詞之後應接受詞，故選 (D) ***us*** (為 we 的受格)。而 (A) we 是主格，(B) our 是所有格，(C) ours 是所有格代名詞，用法皆不合。

* invite〔ɪnˈvaɪt〕v. 邀請
celebrate〔ˈsɛlə͵bret〕v. 慶祝
one's + 序數 + ***birthday***　某人幾歲的生日
Japanese〔͵dʒæpəˈniz〕adj. 日本的

10. (**B**) If you want to have a lot of friends, avoid <u>criticizing</u> other people.

如果你想要有很多朋友，就要避免<u>批評</u>別人。

avoid + *V-ing* 避免

* criticize〔'krɪtə‚saɪz〕*v.* 批評

11. (**D**) When I heard the bad news, I was so shocked <u>that</u> I couldn't speak a word.

當我聽到那個壞消息時,太震驚了,<u>以致於</u>說不出話來。

so…that~ 如此…以致於~

* news〔njuz〕*n.* 消息
shocked〔ʃɑkt〕*adj.* 感到震驚的
word〔wɜd〕*n.* 字;話

12. (**C**) My pencil box is yellow. <u>His</u> is blue.

我的鉛筆盒是黃色的。<u>他的</u>是藍色的。

按照句意,空格要填入 His pencil box (他的鉛筆盒),
而所有格代名詞可代替先前提到的名詞,故選 (C) *His*。
而 (A) 須改爲 Hers,(B) 須改爲 Mine,(D) 須改爲 Ours,
才能選。

* *pencil box* 鉛筆盒

13. (**D**) What's going <u>on</u> here? Why are you so upset?

這裡<u>發生</u>了什麼事?爲什麼你這麼不高興呢?

go on 發生 (= *happen*)

* upset〔ʌp'sɛt〕*adj.* 不高興的

14. (**B**) My father has me <u>vacuum</u> the living room.

爸爸要我<u>用吸塵器打掃</u>客廳。

have + *sb.* + 原形 *V.* 要某人做~

* vacuum〔'vækjuəm〕*v.* 用吸塵器打掃
the living room 客廳

15. (**A**) Would you mind <u>giving</u> this note to Frank?

你介不介意把這張字條<u>交給</u>法蘭克？

mind + V-ing 介意

* note〔not〕*n.* 字條

第二部份：段落填空

Questions 16-20

Wouldn't it be "cool" to take a <u>vacation</u> at a hotel which
16

was <u>made of</u> ice? Well, at Sweden's ice hotel, even the beds are
17

made of ice! So, spending a night there <u>means</u> that you need to
18

wear a lot of clothes. A Swede called Yngve Bergqvist built the

hotel. The hotel is near the Arctic Circle. It has more than 60

rooms and its own ice church. More than 8,000 people <u>visit</u> the
19

hotel every year. Every spring the hotel melts away, and every

fall it has to <u>be built</u> all over again.
20

到一家冰造的旅館度假，不是件很「涼快（酷）」的事情嗎？是這
樣的，有家位於瑞典的冰造旅館，連床也是用冰打造而成的！所以在那
裡過夜，意味著你必須穿很多衣服。一位名為英夫‧貝格夫司特的瑞典
人蓋了這間旅館。這間旅館靠近北極圈。它擁有六十多間房間和自己的
冰造教堂。每年有八千多人會來這家旅館住宿。每年到了春天，旅館就
會融化，所以每年秋天都必須重新建造一次。

cool〔kul〕*adj.* 涼快的；很酷的
hotel〔ho'tɛl〕*n.* 旅館

ice〔aɪs〕n. 冰　　Sweden〔'swidən〕n. 瑞典
spend〔spɛnd〕v. 度過　　*a lot of* 許多的
Swede〔swid〕n. 瑞典人　　call〔kɔl〕v. 稱做
build〔bɪld〕v. 建造【三態變化為：build-built-built】
Artic Circle 北極圈　　church〔tʃɝtʃ〕n. 教堂
more than 超過　　*melt away* 融化
fall〔fɔl〕n. 秋天　　*(all) over again* 重新

16. (**D**)　(A) class〔klæs〕n.（一節）課
　　　　　(B) lesson〔'lɛsn̩〕n. 課程
　　　　　(C) medicine〔'mɛdəsn̩〕n. 藥
　　　　　(D) *vacation*〔ve'keʃən〕n. 假期
　　　　　take a vacation 度假

17. (**A**)　*be made of* 由…製成
　　　　　⎧ …a hotel which *was made of* ice…
　　　　　⎨ = …a hotel which *was built by* ice…
　　　　　⎩

18. (**B**)　動名詞片語 spending a night there 做主詞，須視為單數，
　　　　　且依句意為主動，故選 (B) *means*。
　　　　　mean〔min〕v. 意謂著

19. (**A**)　(A) *visit*〔'vɪzɪt〕v. 住宿
　　　　　(B) tell〔tɛl〕v. 告訴
　　　　　(C) return〔rɪ'tɝn〕v. 歸還
　　　　　(D) ring〔rɪŋ〕v. 按（鈴）；打電話

20. (**D**)　按照句意，旅館每年秋天就必須「被重蓋一次」，have to
　　　　　後面須接原形動詞，且 build 的被動語態為 built，故選 (D)
　　　　　be built。

Questions 21-25

Albert is going to enter the race on his school's <u>sports</u> day.
21
For that reason, he practices a lot every day. In the morning, he
goes swimming for one hour, jogging for one hour, and <u>cycling</u>
22
for two hours. He also drinks a lot of water and eats foods which
are good <u>for</u> his health. He likes <u>fries</u>, potato chips and ice
23   24
cream. But now he has to stop <u>eating</u> such food because he
25
wants to do his best in the race.

艾伯特即將要參加學校運動會的賽跑。因此他每天都做很多練習。
早上他去游泳一個小時、慢跑一個小時,還有騎腳踏車兩個小時。他也
喝大量的水,並且吃對他的健康有益的食物。他喜歡薯條、洋芋片和冰
淇淋。但是現在他必須停止吃這些食物了,因為他想在賽跑時有最好的
表現。

> enter〔ˋɛntɚ〕v. 參加　　race〔res〕n. 賽跑
> reason〔ˋrizn̩〕n. 原因;理由　　practice〔ˋpræktɪs〕v. 練習
> swim〔swɪm〕v. 游泳　　jog〔dʒɑg〕v. 慢跑
> health〔hɛlθ〕n. 健康　　*potato chips* 洋芋片
> *ice cream* 冰淇淋　　*do one's best* 全力以赴;盡力

21. (**A**) *sports day* (學校)運動會

22. (**D**) 依句意,他早上運動,故空格應填和運動有關的名詞,
故選 (D) *cycling*〔ˋsaɪkl̩ɪŋ〕n. 騎腳踏車。

23. (**A**) *be good for* 對…有益
而 (D) be good at「擅長」,則不合句意。

24. (**B**)　依句意，他喜歡高熱量的食品，故選 (B) *fries* 〔 fraɪz 〕 *n. pl.*
　　　　　　薯條 (= *French fries*)。而 (A) fruit「水果」，(C) fish
　　　　　　「魚」，(D) vegetable「蔬菜」，則不合句意。

25. (**D**)　$\begin{cases} \textbf{\textit{stop}} + \textbf{\textit{V-ing}} & 停止 \\ \textbf{\textit{stop}} + \textbf{\textit{to V}}. & 停下來，去做 \end{cases}$

第三部份：閱讀理解

Questions 26-27

★ **每日行駛班次** ★

🚌 **車票** 🚌

↑ 單程票—十六元　　　⇅ 來回票—三十元

伯里到門地		門地到伯里	
駛離伯里	到達門地	駛離門地	到達伯里
早上 6:30	早上 8:30	早上 9:00	早上 11:00
早上 11:30	下午 1:30	下午 2:00	下午 4:00
早上 4:30	早上 6:30	晚上 7:00	晚上 9:00

daily 〔 'delɪ 〕 *adj.* 每日的
service 〔 'sɝvɪs 〕 *n.* (火車、公車等的) 行駛；班次
one way 單程旅程【這裡指單程票】
round trip 來回旅程【這裡指來回票】
leave 〔 liv 〕 *v.* 駛離
arrive 〔 ə'raɪv 〕 *v.* 抵達
am 早上　　*pm* 下午

26. (**C**) 如果你在早上八點半抵達門地，並且整天和一個朋友待在那裡，你若要搭巴士回家，則到伯里的最後一班巴士何時出發？

(A) 下午二點。 (B) 下午四點。

(C) <u>晚上七點。</u> (D) 晚上九點。

* spend〔spɛnd〕v. 度過　　last〔læst〕adj. 最後的
  take〔tek〕v. 搭乘　　bus〔bʌs〕n. 公車；巴士

27. (**D**) 下列敘述何者正確？

(A) 早上從門地到伯里的班次有兩班。

(B) 伯里到門地的來回票是三十二元。

(C) 早上十一點半的巴士在下午兩點鐘抵達門地。

(D) <u>從伯里到門地的車程要兩個鐘頭。</u>

* trip〔trɪp〕n. 行程

Questions 28-29

January 5
A

<u>Dear Nora,</u>
B

I've been here in Waterfield for two months.
Ben and I spent the Easter vacation on Ben's
uncle's farm.

Every morning his uncle drove us to a lake.
We fished there. Ben could not catch any fish, but
I caught four big ones on the last day. We cooked
the fish on a barbecue, and had them for lunch.
They tasted wonderful!

In the afternoon we worked very hard on the farm. We wanted to help his uncle. The work on the farm was not as easy as I thought, but it was interesting. Together with the letter are some pictures we took. They are beautiful, aren't they?

<u>Sincerely,</u>
C

<u>Jacky</u>
D

<u>元月五日</u>
A

<u>親愛的諾拉：</u>
B

　　我已經待在沃德菲兩個月了。班和我在他叔叔的農場過復活節假期。

　　每天早上他叔叔都開車載我們到湖邊。我們就在那裡釣魚。在最後一天，班釣不到半隻魚，但是我釣到了四隻大魚。我們把魚烤了當午餐吃。真是好吃！

　　下午我們在農場非常努力做事。我們想幫他叔叔的忙。農場的工作並不像我之前想的那麼輕鬆，但還是蠻有趣的。這封信也附了一些我們拍的照片。照片很好看，不是嗎？

<u>傑克</u>　<u>敬上</u>
D　　C

Easter〔'istɚ〕*n.* 復活節　　vacation〔ve'keʃən〕*n.* 假期
uncle〔'ʌŋkḷ〕*n.* 叔叔；伯父；姑丈；姨丈；舅舅
farm〔farm〕*n.* 農場　　drive〔draɪv〕*v.* 用車送（某人）
lake〔lek〕*n.* 湖　　　fish〔fɪʃ〕*v.* 釣魚　*n.* 魚
catch〔kætʃ〕*v.* 捕獲　　cook〔kʊk〕*v.* 烹調；煮
barbecue〔'barbɪ,kju〕*n.* 烤肉用的鐵架
taste〔test〕*v.* 嚐起來　　*as*…*as*~ 像~一樣…
easy〔'izɪ〕*adj.* 容易的；輕鬆的
interesting〔'ɪntrɪstɪŋ〕*adj.* 有趣的
together with 連同　　letter〔'lɛtɚ〕*n.* 信
picture〔'pɪktʃɚ〕*n.* 照片（= photo〔'foto〕）
take〔tek〕*v.* 拍攝（照片）
sincerely〔sɪn'sɪrlɪ〕*adv.* 真誠地；敬上【信件結尾用語】

28.（ **A** ）如果這封信是在元月五日寫的，信中提到的照片可能是

(A) 在元旦拍的。

(B) 班的叔叔拍的。

(C) 將在元月二十五日拍攝。

(D) 將在下一次寄出。

* mention〔'mɛnʃən〕*v.* 提到
probably〔'prabəblɪ〕*adv.* 可能
New Year's Day 元旦
send〔sɛnd〕*v.* 寄；送

29.（ **D** ）_____C_____ 應該填什麼？

(A) 親愛的諾拉：

(B) 元月五日

(C) 傑克

(D) 敬上

* fill〔fɪl〕*v.* 填入

Question 30

30.(**B**) 這個告示牌是什麼意思？

(A) 禁止釣魚。

(B) <u>禁止抽煙。</u>

(C) 禁止停車

(D) 禁止烤肉。

* sign〔saɪn〕*n.* 告示牌　　mean〔min〕*v.* 意思是
fish〔fɪʃ〕*v.* 釣魚　　smoke〔smok〕*v.* 抽煙
park〔park〕*v.* 停車　　barbecue〔'barbɪ,kju〕*v.* 烤肉

Questions 31-32

徵 兼 職 家 教

➥ 大學畢業生

➥ 精通英文

➥ 工作時間：每個星期一及星期三

　晚上七點半到八點半

➥ 靠近萬芳醫院站

　電話：(02) 2723-5678　　吳小姐

part-time〔'part'taɪm〕*adj.* 兼職的
tutor〔'tjutɚ〕*n.* 家庭教師；私人教師
wanted〔'wantɪd〕*adj.* 徵…的
university〔,junə'vɝsətɪ〕*n.* 大學
graduate〔'grædʒuɪt〕*n.* 畢業生
command〔kə'mænd〕*n.* (對語言的) 運用自如的能力；精通

31. (**D**) 誰在找家教？

(A) 一位大學畢業生。

(B) 一位住在萬芳醫院站附近的男士。

(C) 一位會講英文的人。　　(D) <u>吳小姐。</u>

　* *look for* 尋找

32. (**B**) 哪個人不會得到這份工作？

(A) 不是來自美國的人。　　(B) <u>星期三晚上沒空的人。</u>

(C) 英文流利的人。　　　　(D) 在萬芳醫院工作的人。

　* free〔fri〕*adj.* 有空的

　fluent〔′fluənt〕*adj.* （言語）流利的

Questions 33-35

　　Some people might say that driving a bus is a boring job. I don't think so. Every day, I can meet people I have never seen before. I enjoy talking to them. And more importantly, I know that without me, many of them could not get to work or school. Helping people in this way gives me a good feeling. Even if there is nobody on my bus, I can watch small changes along the way. That green tree has gotten taller; the man in the red house has grown more flowers in front of his house. These are the things that make me feel satisfied.

　　有些人也許會說開公車是個無聊的工作。我倒不這麼認為。每天我都能遇到我以前從沒見過的人。我很喜歡跟他們聊天。而且更重要的是，我知道如果沒有我的話，很多人沒辦法上班或上學。這樣幫助人讓我覺得很不錯。即使車上沒有半個人，我沿路還能觀察到一些小小的變化。那顆綠樹長得更高了；紅色屋子裡的人在他的屋前種了更多花。這些事物讓我感到很滿足。

boring〔'borɪŋ〕*adj.* 無聊的　　meet〔mit〕*v.* 遇見；認識
importantly〔ɪm'pɔrtn̩tlɪ〕*adv.* 重要地
without〔wɪð'aut〕*prep.* 沒有　　***in this way*** 用這種方式
feeling〔'filɪŋ〕*n.* 感覺　　***even if*** 即使
change〔tʃendʒ〕*n. v.* 改變　　along〔ə'lɔŋ〕*prep.* 沿著
along the way 沿路上　　green〔grin〕*adj.* 綠的
grow〔gro〕*v.* 種植　　***in front of*** 在…前面
satisfied〔'sætɪsˏfaɪd〕*adj.* 滿足的

33. (**A**) 作者從事什麼工作？

　　(A) 公車司機。　　　　　　(B) 計程車司機。
　　(C) 警察。　　　　　　　(D) 技工。

　　* ***What is sb.?*** 某人從事什麼工作？
　　　writer〔'raɪtɚ〕*n.* 作者
　　　policeman〔pə'lismən〕*n.* 警察
　　　mechanic〔mə'kænɪk〕*n.* 技工

34. (**C**) 作者喜歡他的工作，最重要的一點是什麼？

　　(A) 他可以認識各式各樣的人。　(B) 他可以不必找零。
　　(C) 他可以幫助人們。　　　　(D) 他可以和人們聊天。

　　* thing〔θɪŋ〕*n.* 事情；某一點
　　　different〔'dɪfrənt〕*adj.* 不同的　　kind〔kaɪnd〕*n.* 種類
　　　change〔tʃendʒ〕*n.* 零錢；找零
　　　keep the change 不用找零

35. (**B**) 何者正確？

　　(A) 當公車上沒人時，作者覺得難過。
　　(B) 作者會注意到沿路上的一些小變化。
　　(C) 作者在公車上覺得不舒服。　(D) 作者想換工作。

　　* sad〔sæd〕*adj.* 難過的　　notice〔'notɪs〕*v.* 注意到
　　　comfortable〔'kʌmfɚtəbl̩〕*adj.* 舒適的

初級英檢模擬試題②詳解

閱讀能力測驗

第一部份：詞彙和結構

1. (**C**) In Japan, people bow to each other when they meet, but in the U.S., people <u>shake</u> hands to greet each other.
   在日本，人們見面時彼此鞠躬，但是在美國，人們<u>握</u>手來打招呼。

   (A) catch〔kætʃ〕*v.* 捕捉　　(B) clap〔klæp〕*v.* 鼓掌
   (C) *shake*〔ʃek〕*v.* 搖動　　*shake hands* 握手
   (D) touch〔tʌtʃ〕*v.* 碰觸

   * Japan〔dʒə'pæn〕*n.* 日本　　bow〔baʊ〕*v.* 鞠躬
   meet〔mit〕*v.* 見面
   greet〔grit〕*v.* 問候；和～打招呼

2. (**C**) I often read <u>reviews</u> of new movies before I go to the movies.
   我通常在去看電影之前，會閱讀新上映的電影的<u>影評</u>。

   (A) link〔lɪŋk〕*n.* 連結　　(B) song〔sɔŋ〕*n.* 歌曲
   (C) *review*〔rɪ'vju〕*n.* 評論
   (D) dialogue〔'daɪə,lɔg〕*n.* 對話

   * *go to the movies* 去看電影

3. (**A**) This is my <u>favorite</u> record, and I love her beautiful voice most. 這是我<u>最喜愛的</u>唱片，我最愛她美妙的歌聲。

   (A) *favorite*〔'fevərɪt〕*adj.* 最喜愛的
   (B) true〔tru〕*adj.* 眞實的；正確的
   (C) active〔'æktɪv〕*adj.* 主動的；積極的

　　　　　(D) legal〔ˋligl〕*adj.* 合法的

　　　　　* record〔ˋrɛkəd〕*n.* 唱片　　　voice〔vɔɪs〕*n.* 聲音

4. (**B**)　The doctor examined Steve carefully and wrote a
　　　　 prescription for him.
　　　　　醫生仔細為史蒂夫做檢查，並且為他開了一張<u>處方</u>。

　　　　　(A) pollution〔pəˋluʃən〕*n.* 污染
　　　　　(B) ***prescription***〔prɪˋskrɪpʃən〕*n.* 處方
　　　　　(C) vacation〔veˋkeʃən〕*n.* 假期
　　　　　(D) conversation〔͵kɑnvəˋseʃən〕*n.* 對話

　　　　　* examine〔ɪgˋzæmɪn〕*v.* 檢查
　　　　　carefully〔ˋkɛrfəlɪ〕*adv.* 仔細地

5. (**B**)　John <u>collects</u> foreign coins, and he has a large number
　　　　 of different foreign coins.
　　　　　約翰<u>收集</u>外國硬幣，他有非常多不同的外國硬幣。

　　　　　(A) connect〔kəˋnɛkt〕*v.* 連結
　　　　　(B) ***collect***〔kəˋlɛkt〕*v.* 收集
　　　　　(C) continue〔kənˋtɪnju〕*v.* 繼續
　　　　　(D) communicate〔kəˋmjunə͵ket〕*v.* 溝通

　　　　　* foreign〔ˋfɔrɪn〕*adj.* 外國的　　　coin〔kɔɪn〕*n.* 硬幣
　　　　　a large number of 許多的 (= *many*)
　　　　　different〔ˋdɪfərənt〕*adj.* 不同的

6. (**B**)　Can you look at my computer? It looks like there is
　　　　 something wrong <u>with</u> my computer.
　　　　　你能不能看看我的電腦？看來我的電腦好像有點問題。

　　　　　wrong〔rɔŋ〕*adj.* 故障的；有毛病的，須接介系詞 ***with***，
　　　　　再接受詞。
　　　　　* ***look at*** 看　　　computer〔kəmˋpjutə〕*n.* 電腦

7. (**D**)　Robert　：<u>How</u> are you going to get to Taichung?
　　　　　Morgan：I will go by train and I have bought the ticket.
　　　　　羅伯特：你要<u>如何</u>去台中？
　　　　　摩　　根：我將坐火車去，我已經買好車票了。

　　　　　從摩根的回答得知，他要搭火車去台中，詢問交通工具，
　　　　　須用疑問詞 ***How***，故選 (D)。而 (A) When「何時」，
　　　　　(B) Why「爲什麼」，(C) Where「哪裡」，皆不合句意。
　　　　　* ***get to*** 到達　　ticket〔'tɪkɪt〕*n.* 車票

8. (**C**)　<u>Did</u> you go to the new shopping mall last weekend?
　　　　　The traffic around the mall was terrible!　你上個週末
　　　　　有去新開幕的購物中心嗎？購物中心附近的交通糟透了！

　　　　　從時間副詞 last weekend 得知，空格應填過去式助動詞
　　　　　Did，選 (C)。而 (A) are 用於未來式「are going to」的
　　　　　形式，(B) have 用於完成式「have + p.p.」的形式，故
　　　　　用法皆不合，(D) can「能夠」，則不合句意。
　　　　　* ***shopping mall*** 購物中心（= *mall*）
　　　　　　 weekend〔'wik'ɛnd〕*n.* 週末
　　　　　　 traffic〔'træfɪk〕*n.* 交通
　　　　　　 around〔ə'raʊnd〕*prep.* 在～周圍
　　　　　　 terrible〔'tɛrəbl̩〕*adj.* 糟糕的

9. (**B**)　The chocolate milk in the glass <u>is</u> for you.　Remember
　　　　　to drink it before you go to school.
　　　　　玻璃杯裡的巧克力牛奶是給你的。記得去上學前把它喝掉。

　　　　　主詞 chocolate milk 是物質名詞，爲不可數名詞，故接
　　　　　單數 be 動詞 ***is***。
　　　　　* chocolate〔'tʃɔkəlɪt〕*n.* 巧克力
　　　　　　 glass〔glæs〕*n.* 玻璃杯

10. (**B**) Listen, the baby <u>is crying</u>. Maybe she is hungry now.
你聽，嬰兒<u>正在哭</u>。或許她現在肚子餓了。

listen 單獨使用時，主要功用是引起別人的注意，故常
與現在進行式搭配，選 (B) *is crying*。

* maybe〔'mebi,'mebɪ〕*adv.* 或許

11. (**A**) To be a good learner <u>is</u> not an easy job.
要做個良好的學習者並不是件容易的事情。

主詞 To be a good learner 為不定詞片語，須視為單數，
故動詞要用單數 be 動詞 *is*。

* learner〔'lɝnɚ〕*n.* 學習者　　job〔dʒɑb〕*n.* 事情

12. (**B**) Who is the person <u>that</u> sent you a birthday card?
寄生日卡給你的那個人是誰？

先行詞 the person 為人，故關係代名詞用 who 或 that，
但在 Who 開頭的問句中，只能用關代 *that*，以避免重複，
造成句意混淆。

* send〔sɛnd〕*v.* 寄；送　　*birthday card* 生日卡

13. (**C**) The Pacific Ocean is <u>bigger</u> than the Atlantic Ocean.
太平洋比大西洋<u>大</u>。

從連接詞 than 可知，此為比較級的句型，big 的比較級
是 *bigger*，故選 (C)。

* *the Pacific Ocean* 太平洋
the Atlantic Ocean 大西洋

14. (**C**) I can't find my dictionary. Have you seen <u>it</u>?
我找不到我的字典。你有看到<u>它</u>嗎？

代名詞 *it* 代替先前提到的名詞 my dictionary。

而 (A) them 是複數代名詞，(B) one 代替先前提到的非特
定的同類名詞，(D) its 爲所有格，用法皆不合。

　　* dictionary〔'dıkʃən,ɛrı〕*n.* 字典

15. (**D**) Jessica <u>usually gets</u> exercise in the gym after work.
That's why she is always full of energy.

潔西卡下班後<u>通常</u>會去健身房運動。那就是爲什麼她總是
充滿活力。

　　usually（通常）爲頻率副詞，須置於一般動詞之前，且
　　主詞 Jessica 爲第三人稱單數，故選 (D) *usually gets*。

　　* exercise〔'ɛksə,saız〕*n.* 運動
　　　 gym〔dʒɪm〕*n.* 健身房
　　　 after work 下班後　　***be full of*** 充滿
　　　 energy〔'ɛnədʒı〕*n.* 活力

第二部份：段落填空

Questions 16-20

　　Many students now spend too much time <u>watching</u> TV.
　　　　　　　　　　　　　　　　　　　　　　　16

After they <u>come back from</u> school, the first thing they do is sit
　　　　　　　17

down in front of the television.　They don't turn off the TV until

all the programs are over.　My mother does not think TV is <u>good</u>
　　　　　　　　　　　　　　　　　　　　　　　　　　　18

for children.　She lets us <u>watch</u> only one program a night.　She is
　　　　　　　　　　　19

<u>worried</u> we would forget our homework because watching TV is
　20

more interesting than studying.

現在有很多學生花太多時間看電視了。放學回家之後,他們第一件事就是坐在電視機前。他們會一直看,直到節目都播完了,才關掉電視。我媽媽覺得電視對兒童不好。她晚上只讓我們看一個節目。她擔心我們會忘了寫功課,因為看電視比唸書有趣多了。

> *sit down* 坐下來　　*in front of* 在…前面
> *turn off* 關掉(電器)　　until〔ˋəntɪl〕*conj.* 直到
> *not…until~* 直到~才…
> program〔ˋprogræm〕*n.* 節目
> over〔ˋovɚ〕*adj.* 結束的　　forget〔fɚˋgɛt〕*v.* 忘記
> interesting〔ˋɪntrɪstɪŋ〕*adj.* 有趣的

16. (**C**)　人 + *spend* + 時間 + (*in*) + *V-ing* 某人花時間做~

17. (**A**)　依句意,學生「放學」後,故選 (A) *come back from school*。
　　　　而 (B) think about「考慮」,(D) go to school「去上學」,則不合句意。而 (C) 須改為 are out of,才能選。

18. (**D**)　依句意,媽媽認為電視對小孩「沒有好處」,主要句子中已經有 does not think,已經有否定的意思,故空格應填入 (D) *good*。　　*be good for* 對~有益

19. (**A**)　let 為使役動詞,其用法為:「let + 受詞 + 原形動詞」,故選 (A) *watch*。

20. (**D**)　(A) satisfied〔ˋsætɪsˌfaɪd〕*adj.* 滿意的
　　　　　　(B) glad〔glæd〕*adj.* 高興的
　　　　　　(C) surprised〔səˋpraɪzd〕*adj.* 驚訝的
　　　　　　(D) *worried*〔ˋwɝɪd〕*adj.* 擔心的

Questions 21-25

A telephone call from a friend is always a happy thing. But it is not <u>if</u> you are having dinner, taking a bath, <u>or</u> getting ready

　　　　21　　　　　　　　　　　　　　　　　　22
to go out for a meeting that you are already late for. A phone call may be very important to you, but it cannot be put away and <u>taken out</u> again like a letter. Every letter you <u>get</u> is wonderful

　23　　　　　　　　　　　　　　　　　　24
even if it is only a short one to say hello. The person writing the letter is trying to tell you that he is thinking about you and <u>that</u>

　　　　　　　　　　　　　　　　　　　　　　　25
you are a special friend.

接到朋友打來的電話，總是件令人高興的事。但如果打來的時候，你正在吃晚飯、洗澡，或正準備出門趕赴你已經遲到的約會，那就不是件令人愉快的事情了。打來的電話可能對你非常重要，但你不能像看信一樣，先放著再拿出來看。接到來信讓你感覺很棒，即使只是短短的問候信件。寫信給你的人，是想讓你知道他正在想念你，而且覺得你是個特別的朋友。

> **telephone call** 電話 (= *phone call*)　　**take a bath** 洗澡
> ready〔'rɛdɪ〕*adj.* 準備好的　　**go out** 外出
> meeting〔'mitɪŋ〕*n.* 會面；會議　　late〔let〕*adj.* 遲到的
> **put away** 收好；儲存　　letter〔'lɛtɚ〕*n.* 信
> wonderful〔'wʌndɚfəl〕*adj.* 很棒的　　**even if** 即使
> **say hello** 打招呼；問好　　**try to** V. 努力；設法
> **think about** 想　　special〔'spɛʃəl〕*adj.* 特別的

21. (**C**) 依句意，「如果」你在不方便接電話的時候有人打電話來了，那就不是件令人高興的事，故選 (C) *if*。

22. (**B**) 按照句意，列舉不方便接電話的時候，如吃晚飯、洗澡，「或」正準備出門，故用連接詞 *or*，選 (B)。

23. (**A**) (A) *take out* 拿出來　　　(B) turn on 打開（電器）
　　　　　(C) shut up 閉嘴　　　　(D) turn off 關掉（電器）

24. (**D**) 依句意，「接到」信的感覺很棒，故選 (D) *get*。
　　　　　而 (A) write「寫（信）」，(B) mail「寄（信）」，
　　　　　(C) review「複習」，均不合句意。

25. (**A**) 依句意，and 為對等連接詞，前後要連接文法地位相同的單字、片語或子句，前面是 that 引導的名詞子句，故後面也要接 that 引導的名詞子句，都做動詞 tell 的受詞，故選 (A)　　*that*。

第三部份：閱讀理解

Questions 26-27

聖路易斯小學
學生的母語

英語 20%
韓語 7%
阿拉伯語 10%
中文 10%
西班牙語 28%
越南語 16%
日語 9%

elementary school 小學　　*first language* 第一語言；母語
Korean〔koˈriən〕*n.* 韓語　　Arabic〔ˈærəbɪk〕*n.* 阿拉伯語
Spanish〔ˈspænɪʃ〕*n.* 西班牙語
Vietnamese〔vɪˌɛtnɑˈmiz〕*n.* 越南語
Japanese〔ˌdʒæpəˈniz〕*n.* 日語

26. (**C**)　母語不是英文的家庭百分比有多少？

(A) 百分之二十。　　　　　　(B) 百分之十。

(C) 百分之八十。【百分之一百減去母語為英文的百分之二十

人數，等於百分之八十】　(D) 百分之二十八。

* percent〔pɚ'sɛnt〕n. 百分比

27. (**D**)　下列敘述何者不正確？

(A) 這所學校說西班牙語的人數，比其他語言多。

(B) 說中文的學生比說日文的學生多。

(C) 大多數的學生來自亞洲國家。

(D) 說韓文的學生人數，和說阿拉伯文的學生人數一樣多。

* *Spanish speaker* 說西班牙文的人
group〔grup〕n. 團體
~-speaking〔'spikɪŋ〕adj. 說~語言的【構成複合形容詞】
Asian〔'eʃən〕adj. 亞洲的　　country〔'kʌntrɪ〕n. 國家
majority〔mə'dʒɔrətɪ〕n. 大多數
as many…as ~　和~一樣多的…

Questions 28-30

Dear Dr. Problem,

　　My mother is on a diet. My sister is on a diet. My
grandmother is on a diet. I am *NOT* on a diet, and there is
nothing good to eat in my house. I like steak, pork chops,
potatoes and rice. I want an ice cream or a pizza *NOW*!
My mother is eating only salad and fish. My sister is
eating only carrots, cucumbers, and tomatoes. My
grandmother is eating only chicken and lettuce. I am
STARVING! What can I do?

A Hungry Boy

親愛的問題博士：

我媽媽在減肥。我姊姊在減肥。我奶奶也在減肥。可是我**沒有**要減肥，家裡卻沒有任何好吃的東西了。我喜歡牛排、豬排、馬鈴薯和飯。我**現在**想要冰淇淋或披薩！我媽媽現在只吃沙拉和魚。我姊姊只吃胡蘿蔔、黃瓜和蕃茄。我奶奶只吃雞肉和萵苣。我快**餓死了**！我該怎麼辦？

餓肚子的男孩

Dear Hungry,

Eat at a friend's house. Eat the food you like at lunch. Learn to like salad and fish and chicken. Buy some snacks and eat them before you go home. But be careful! You don't want to be on a diet, too.

Dr. Problem

親愛的餓肚子：

去朋友家吃飯。午餐吃你想吃的東西。學著喜歡吃沙拉、魚跟雞肉。回家前買點零食吃。但要小心喔！你不會也想要加入減肥的行列的。

問題博士

dear〔dɪr〕*adj.* 親愛的　　Dr. 醫生（= *doctor*）
on a diet 在節食；減肥
grandmother〔'grænd,mʌðɚ〕*n.* 祖母
steak〔stek〕*n.* 牛排
chop〔tʃɑp〕*n.*（切下的一塊）連骨的肉
pork chop 豬排　　potato〔pə'teto〕*n.* 馬鈴薯
rice〔raɪs〕*n.* 米飯　　***ice cream*** 冰淇淋
pizza〔'pitsə〕*n.* 披薩　　salad〔'sæləd〕*n.* 沙拉
carrot〔'kærət〕*n.* 胡蘿蔔
cucumber〔'kjukəmbɚ〕*n.* 黃瓜
tomato〔tə'meto〕*n.* 番茄　　lettuce〔'lɛtɪs〕*n.* 萵苣
starve〔stɑrv〕*v.* 餓死；飢餓　　snack〔snæk〕*n.* 零食

28.(**C**) 餓肚子男孩的問題為何？

(A) 他太胖。　　　　　　　(B) 他太瘦。
(C) 他不喜歡家人吃的東西。
(D) 他不能吃魚。

* heavy〔'hɛvɪ〕*adj.* 重的　　thin〔θɪn〕*adj.* 瘦的

29.(**C**) 餓肚子男孩的家人，減肥時不吃哪一個食物？

(A) 雞肉。　　　　　　　　(B) 黃瓜。
(C) 馬鈴薯。　　　　　　　(D) 胡蘿蔔。

* family〔'fæməlɪ〕*n.* 家人

30.(**D**) 問題博士建議餓肚子男孩該怎麼辦？

(A) 也一起減肥。　　　　　(B) 買一些零食給媽媽。
(C) 停止吃他喜歡的食物。　(D) 去朋友家吃飯。

* suggest〔sə'dʒɛst〕*v.* 建議　　have〔hæv〕*v.* 吃
meal〔mil〕*n.* 一餐

Question 31

禁 止 喧 嘩
病患休息中

make noise 製造噪音　　patient〔ˈpeʃənt〕*n.* 病人
rest〔rɛst〕*v.* 休息

31. (**C**) 你最有可能在哪裡看到此告示牌？

　　　(A) 在圖書館裡。　　　　(B) 在學校內。

　　　(C) 在醫院裡。　　　　(D) 在教室裡。

　　* likely〔ˈlaɪklɪ〕*adv.* 可能　　sign〔saɪn〕*n.* 告示牌
　　　library〔ˈlaɪˌbrɛrɪ〕*n.* 圖書館

Questions 32-33

　　這是湯米二月份的行程表。

星期天	星期一	星期二	星期三	星期四	星期五	星期六
英文補習班 1	開學第一天 2	妮娜的生日 3	4	5	6	和鮑伯吃晚餐 7
8	9	10	看牙醫 11	12	籃球比賽 13	和阿姨看電影 14
英文補習班 15	16	17	18	19	20	21
22	23	24	25	26	27	同學會 28

schedule〔'skɛdʒul〕 *n.* 時間表；行程表
cram school 補習班　　dentist〔'dɛntɪst〕 *n.* 牙醫
appointment〔ə'pɔɪntmənt〕 *n.* 約會
aunt〔ænt〕 *n.* 阿姨；姑媽　　class〔klæs〕 *n.* 全班同學
reunion〔ri'junjən〕 *n.* (親友等的)團聚；重聚

32. (**B**) 湯米何時要看醫生？

(A) 二月三日。

(B) 二月十一日。

(C) 二月十三日。

(D) 二月二十八日。

33. (**A**) 從湯米的行程表中，我們可以知道什麼？

(A) 他將在二月二十八日和他的老同學見面。

(B) 學校在星期天開學。

(C) 他將和妮娜在她生日那一天一起看電影。

(D) 他將在星期六上英文課。

＊ school〔skul〕 *n.* 上課　　start〔stɑrt〕 *v.* 開始

Questions 34-35

What would happen to our education if there were no teachers and students in schools? Would it mean that children wouldn't study anymore? The answer is no.

如果學校裡沒有老師和學生的話，我們的教育會怎樣？這表示小孩子不用再唸書了嗎？答案是否定的。

happen〔'hæpən〕 *v.* 發生
education〔͵ɛdʒə'keʃən〕 *n.* 教育
mean〔min〕 *v.* 意謂著　　***not…anymore*** 不再
answer〔'ænsɚ〕 *n.* 答案

Some teachers and students are happy to know that in the future, they will not have to go to school every day. They will see each other on their computers. When all the computers are connected, teachers will teach on the computer network. The biggest difference is that there will be no more papers to hand in because students will do all their homework on a computer.

有些老師和學生如果以後不用每天去學校，一定會很高興。他們可以在電腦上見面。當所有電腦都連線時，老師就可以利用網路進行教學。最大的不同就是，將不再需要交報告了，因為學生可以在電腦上做功課。

in the future 在未來　*go to school* 到學校；去上學
each other 彼此　　connect〔kə'nɛkt〕*v.* 連結
network〔'nɛt͵wɝk〕*n.*（電腦）網絡
difference〔'dɪfrəns〕*n.* 差別　　paper〔'pepɚ〕*n.* 報告
hand in 繳交　　homework〔'hom͵wɝk〕*n.* 家庭作業；功課

34. (**C**)　老師以後將會做什麼？

　　(A) 他們將教電腦課程。
　　(B) 他們將只教喜歡唸書的學生。
　　(C) 他們將利用電腦教導學生。
　　(D) 他們將不再給學生家庭作業。

　　* by 表「藉由」。

35. (**B**)　下列敘述何者正確？

　　(A) 學生電腦課的作業會很多。
　　(B) 當學生可以用電腦網路上課時，他們將不必到學校。
　　(C) 學生將在家裡做作業，但要到學校交作業。
　　(D) 老師將使用電腦網路玩遊戲。

　　* *take a class* 上課

初級英檢模擬試題③詳解

閱讀能力測驗

第一部份：詞彙和結構

1. (**C**) Do some <u>gentle</u> exercise first, or you will hurt yourself.
先做些溫和的運動，否則會傷到自己。

    (A) strict〔strɪkt〕*adj.* 嚴格的

    (B) natural〔'nætʃərəl〕*adj.* 自然的

    (C) ***gentle***〔'dʒɛntḷ〕*adj.* 溫和的

    (D) real〔'riəl〕*adj.* 眞實的

    * exercise〔'ɛksəˌsaɪz〕*n.* 運動   first〔fɝst〕*adv.* 先
    or〔ɔr〕*conj.* 否則   hurt〔hɝt〕*v.* 傷害

2. (**A**) He <u>replied</u> to my question with patience. I'm satisfied with his explanation.
他很有耐心地回答我的問題。我很滿意他的解釋。

    (A) ***reply***〔rɪ'plaɪ〕*v.* 回答 < *to* >

    (B) answer〔'ænsə〕*v.* 回答【爲及物動詞，不須加 to】

    (C) remember〔rɪ'mɛmbə〕*v.* 記得

    (D) forget〔fə'gɛt〕*v.* 忘記

    * patience〔'peʃəns〕*n.* 耐心
    satisfied〔'sætɪsˌfaɪd〕*adj.* 滿意的 < *with* >
    explanation〔ˌɛksplə'neʃən〕*n.* 解釋；說明

3. (**D**) As soon as Carrie woke <u>up</u>, she jumped out of bed.
凱莉一醒來，就跳下床。

    wake up 醒來

    * ***as soon as*** 一…就～   jump〔dʒʌmp〕*v.* 跳
    out of 從…

4. (**B**) Although my grandmother is 95 years old, she is still very <u>healthy</u>.

我祖母雖然今年九十五歲了，但是她仍然非常<u>健康</u>。

   (A) right〔raɪt〕*adj.* 正確的
   (B) ***healthy***〔'hɛlθɪ〕*adj.* 健康的
   (C) sick〔sɪk〕*adj.* 生病的
   (D) weak〔wik〕*adj.* 虛弱的

   * grandmother〔'grænd͵mʌðɚ〕*n.* 祖母；外婆
   still〔stɪl〕*adv.* 仍然

5. (**A**) Don't bother asking her for help.　It would be a <u>waste</u> of time.　不用麻煩請她幫忙。那只是<u>浪費</u>時間。

   (A) ***waste***〔west〕*n.* 浪費
   (B) moment〔'momənt〕*n.* 片刻
   (C) space〔spes〕*n.* 空位
   (D) hurry〔'hɝɪ〕*n.* 匆忙

   * bother〔'baðɚ〕*v.* 麻煩；費事
   ask sb. ***for*** sth. 要求某人某物

6. (**B**) Helen's hair is <u>much longer</u> than her sister's.

海倫的頭髮比她姊姊的頭髮<u>長多了</u>。

由連接詞 than 可知，此為比較級的句型，故 (A) long 不合，選 (B) ***much longer***，much 可置於形容詞比較級前面，加強語氣。too 及 very 只能修飾形容詞原級，故 (C) (D) 用法不合。

7. (**B**) Do you mind <u>if</u> I open the window?　你介意我開窗戶嗎？

Do you mind 習慣接 if 引導的子句，表「如果⋯，你介不介意？」，用來徵求別人的同意。

8. (**A**) Linda and I are watching <u>our</u> favorite TV program.
琳達和我正在看<u>我們</u>最喜歡的電視節目。

空格應填一所有格，來修飾後面的名詞 favorite TV
program，故選 (A) *our*「我們的」。而 (B) ours、(D)
hers 為所有格代名詞，(C) we 是主格，用法皆不合。
* program〔'progræm〕*n.* 節目

9. (**B**) Would you turn <u>up</u> the radio?　I'd like to know the news
about the typhoon.
你能不能把收音機開<u>大聲</u>點？我想知道颱風的消息。

　(A) turn off　關掉（電器）
　(B) *turn up*　開大聲
　(C) turn in　繳交
　(D) turn down　關小聲
* radio〔'redɪ,o〕*n.* 收音機　　news〔njuz〕*n.* 新聞
typhoon〔taɪ'fun〕*n.* 颱風

10. (**B**) I was busy doing my homework when the phone rang.
So I stopped <u>to answer</u> the telephone.
電話響的時候，我正忙著做功課。所以我停下來，<u>去接</u>電話。

stop 的用法：
$\begin{cases} \text{stop + V-ing　停止做～} \\ \text{stop + to V.　停下來，去做～} \end{cases}$
按照句意，停下手邊的功課，再去接電話，故選 (B)
to answer。　*answer the telephone* 接電話
* *be busy* + *V-ing* 忙著　　ring〔rɪŋ〕*v.*（電話）鈴響

11. (**B**) Without your help, I <u>couldn't</u> have finished my report
last night.　如果沒有你的幫忙，昨晚我<u>無法</u>完成報告。

從時間副詞 last night 得知，空格應填過去式助動詞，故 (C)(D) 用法不合，而 (A) shouldn't「不應該」，則不合句意，故選 (B) *couldn't*。could 是 can 的過去式。

* without〔wɪð'aʊt〕*prep.* 如果沒有
  finish〔'fɪnɪʃ〕*v.* 完成　　report〔rɪ'port〕*n.* 報告

12. (**C**) I can't believe that George is doing the dishes. He
<u>hardly</u> does any housework.

我不敢相信喬治正在洗碗。他<u>幾乎不</u>做任何家事的。

按照句意，喬治洗碗是出乎意料之外的事情，故選 (C) *hardly*「幾乎不」，表示他洗碗的頻率很低。而 (A) always「總是」，(B) usually「通常」，(D) finally 「最後」，均不合句意。

* believe〔bɪ'liv〕*v.* 相信　　*do the dishes* 洗碗
  housework〔'haʊs,wɝk〕*n.* 家事

13. (**A**) Andy ： Does Patty go to school early?
Danny ： No, she <u>is often</u> late for school.

安迪：派蒂平常很早就到學校嗎？
丹尼：沒有，她上學<u>經常</u>遲到。

often「經常」為頻率副詞，其位置為：

① 一般動詞之前
② be 動詞或助動詞之後
③ 助動詞與一般動詞之間

「be 動詞 + late + for」表「～遲到」，因此動詞須用 be 動詞，選 (A) *is often*。

14. (**D**) Peter and Edward are good friends. They share sorrow
and joy with <u>each other</u> all the time.

彼得跟愛德華是好朋友。他們總是<u>互相</u>分享悲傷和喜悅。

each other 互相

而 (A) both「兩者都」，(B) another「（三者以上）另一個」，(C) the other「（兩者中）另一個」，均不合句意。

* share〔ʃɛr〕v. 分享　　sorrow〔'saro〕n. 悲傷
  joy〔dʒɔɪ〕n. 喜悅　　*all the time* 一直；總是

15. (**B**) The waitress <u>serves</u> breakfast at the restaurant every morning, but she didn't work today. 那名女服務生每天早上在餐廳為人供應早餐，但是今天她沒有上班。

由時間副詞 every morning 可知，「早上去餐廳供應早餐」是習慣性的行為，故動詞要用「現在簡單式」，選 (B)。

* waitress〔'wetrɪs〕n. 女服務生
  serve〔sɜv〕v. 端出（食物）；供應

第二部份：段落填空

Questions 16-20

　　This summer I went to New York and stayed with an American family <u>for</u> two weeks. All the members of the family
16
were nice <u>to</u> me. During the stay, I noticed several interesting
17
things about their family life. For example, in my host family, the father often made dinner for us. He said, " If I helped my wife <u>with</u> cooking, we can have more time to <u>spend</u> together."
18   19
The trip gave me an opportunity to see the <u>differences</u> between
20
the Chinese and American's ways of life.

　　今年夏天，我到紐約，跟一戶美國家庭住了兩個星期。他們全家人都對我很好。住在他們家的這段期間，我觀察到他們家庭生活一些有趣的地方。比如說，這寄宿家庭的父親常煮晚飯給我們吃。他說：「如果我幫我太太煮飯，我們就有更多時間相處。」這次旅行讓我有機會了解到，中國與美國生活方式的不同。

　　　　　stay〔ste〕v. n. 暫住　　member〔'mɛmbɚ〕n. 成員
　　　　　notice〔'notɪs〕v. 注意到
　　　　　several〔'sɛvərəl〕adj. 好幾個
　　　　　interesting〔'ɪntrɪstɪŋ〕adj. 有趣的
　　　　　for example　舉例來說
　　　　　host〔host〕n. 主人　　adj. 主人的
　　　　　host family　寄宿家庭
　　　　　cooking〔'kʊkɪŋ〕n. 煮飯；作菜　　trip〔trɪp〕n. 旅行
　　　　　opportunity〔ˌɑpɚ'tjunətɪ〕n. 機會
　　　　　see〔si〕v. 知道　　**way of life**　生活方式

16.(**B**)　「for + 一段時間」表「持續～（多久）」。

17.(**C**)　**be nice to** sb. 對某人好

18.(**A**)　**help** sb. **with** sth. 幫助某人某事

19.(**A**)　(A) **spend**〔spɛnd〕v. 度過（時間）
　　　　　　(B) waste〔west〕v. 浪費
　　　　　　(C) work〔wɝk〕v. 工作
　　　　　　(D) practice〔'præktɪs〕v. 練習

20.(**D**)　(A) change〔tʃendʒ〕n. 變化
　　　　　　(B) problem〔'prɑbləm〕n. 問題
　　　　　　(C) language〔'læŋgwɪdʒ〕n. 語言
　　　　　　(D) **difference**〔'dɪfrəns〕n. 差異

Questions 21-25

We often see people <u>walking</u> with their dogs. It is still true
                    21
that a dog is the most useful <u>animal</u> in the world, but the reason
                              22
has changed. <u>In</u> the past, dogs were needed to watch doors. But
             23
now the reason people keep dogs in their houses is that they feel

lonely in the city. For a child, a dog is his or her best friend

when he or she has no friends <u>to play with</u>. For old people, a dog
                              24
is also a child when their own children have <u>grown up</u> and left.
                                             25
People keep dogs as friends, even like members of the family.

我們常看到人跟狗走在一起。沒錯，狗對人類而言，仍是全世界最有用的動物，但原因已經改變。以前的狗必須看門。但是現在人們在家養狗的理由，是因為覺得都市生活很寂寞。對小孩而言，沒有朋友可以一起玩時，狗就是他們最好的朋友。對老人而言，如果他們自己的小孩都長大成人，離開家後，狗就像他們的小孩。人們養狗，會把狗當作朋友，甚至當成家人。

useful〔'jusfəl〕adj. 有用的   *in the world* 在全世界
reason〔'rizn̩〕n. 理由；原因
change〔tʃendʒ〕v. 改變   watch〔watʃ〕v. 看守
keep〔kip〕v. 飼養   lonely〔'lonlɪ〕adj. 寂寞的
leave〔liv〕v. 離開   as〔æz〕prep. 當作
member〔'mɛmbɚ〕n. 成員

21. (**A**) see 為感官動詞，接受詞後，須接原形動詞或現在分詞，
故選 (A) *walking*。

22. (**D**) (A) machine〔məˋʃin〕*n.* 機器
    (B) student〔ˋstjudn̩t〕*n.* 學生
    (C) room〔rum〕*n.* 房間
    (D) **animal**〔ˋænəml̩〕*n.* 動物

23. (**A**) **in the past** 在過去

24. (**B**) 不定詞片語 **to play with** 做形容詞用，修飾 friends，不可以
    省略 with，因為本題的 play「玩耍」是不及物動詞。

    $\left\{\begin{array}{l} \cdots\text{he or she has no friends } \textbf{\textit{to play with}}. \\ = \cdots\text{he or she has no friends } \textbf{\textit{that they can play with}}. \end{array}\right.$

25. (**D**) (A) shut up 閉嘴　　(B) get up 起床
    (C) stand up 起立　　(D) **grow up** 長大

第三部份：閱讀理解

Questions 26-27

芮妮林
通化街 200 巷 11 號
台灣，台北市 106 大安區
中華民國

史考特‧布朗先生
拉斯維加斯大道 3200 號
拉斯維加斯，內華達州 89109
美國

航空郵件

　　No.　號碼（= number）　　　lane〔len〕n. 巷
　　St.　街（= street）　　　R.O.C. 中華民國（= Republic of China）
　　Blvd.　林蔭大道（= boulevard〔'bulə,vɑrd〕）
　　Las Vegas 拉斯維加斯【美國內華達州的城市】
　　NV　內華達州（= Nevada〔nə'vædə〕）　　　***air mail*** 航空郵件

26.（**A**）這封信是誰寫的？

　　　　(A) 芮妮。　　　　　　　　(B) 大安區。
　　　　(C) 通化街。　　　　　　　(D) 史考特。
　　　　* 美式信封上，寄信人的姓名及地址寫在左上角。

27.（**C**）這封信要寄到哪一個城市？

　　　　(A) 台北市。　　　　　　　(B) 台灣。
　　　　(C) 拉斯維加斯。　　　　　(D) 美國。
　　　　* 美式信封上，收信人的姓名及地址寫在中央。

Questions　28-29

準備好了嗎？

你迫不急待想向別人秀出你有多棒嗎？你有非常棒的歌喉嗎？你樂器玩得很好嗎？或者你有任何特殊才藝嗎？最重要的是，你想在捷運站秀出你自己嗎？台北捷運公司徵求街頭藝人。來參加選拔大賽，讓我們知道你有多棒！

日期：九月十五日，星期天
時間：上午十點
地點：台北捷運站劇場

．

ready〔'rɛdɪ〕adj. 準備好的；樂意的
cannot wait to + V. 迫不及待要～　　show〔ʃo〕v. 給～看
wonderful〔'wʌndəfəl〕adj. 很棒的　　voice〔vɔɪs〕n. 聲音
musical instrument 樂器（= instrument〔'ɪnstrəmənt〕）
talent〔'tælənt〕n. 才華
most important of all 最重要的是　　***show off*** 賣弄；炫耀
MRT 捷運（= *Mass Rapid Transit*）
station〔'steʃən〕n. 車站　　rapid〔'ræpɪd〕adj. 快速的
transit〔'trænsɪt〕n. 公共交通運輸系統
corporation〔ˌkɔrpə'reʃən〕n. 公司　　***look for*** 尋找
performer〔pə'fɔrmə〕n. 表演者
street performer 街頭藝人　　tryout〔'traɪˌaut〕n. 選拔賽
date〔det〕n. 日期　　theater〔'θiətə〕n. 劇場
main〔men〕adj. 主要的；最重要的
Taipei Main Station 台北捷運站

28.（**D**）台北捷運公司希望人們做什麼？

(A) 多搭乘捷運。　　(B) 每當搭捷運時要秀自己。
(C) 在捷運上歌唱課。　　(D) 在捷運站表演。

* ride〔raɪd〕v. 搭乘　　whenever〔hwɛn'ɛvə〕conj. 每當
  take a lesson 上課　　perform〔pə'fɔrm〕v. 表演

29.（**D**）哪個字和 "tryout" 的意思最接近？

(A) 運動練習。　　(B) 全班旅行。
(C) 駕訓課。　　(D) 試演。

* close〔klos〕adj. 接近的　　meaning〔'minɪŋ〕n. 意思
  sports〔sports〕adj. 運動的
  practice〔'præktɪs〕n. 練習
  driving〔'draɪvɪŋ〕adj. 駕駛的　　test〔tɛst〕n. 試驗
  performance〔pə'fɔrməns〕n. 演出

Questions 30-32

Last week I went to visit my friend Emily in the hospital. She had her appendix taken out. She had to be hospitalized for 10 days. The doctor told her that she wouldn't be allowed to do any sports for a while. You can imagine that Emily felt very unhappy. Some of us shared the cost of a big stuffed teddy bear. We bought it for her to cheer her up. When she saw it, she started to laugh. Then she shouted, "Ouch! Ouch! Ow!" Poor Emily, I asked her if she was in pain. She answered, "Only when I laugh, Barbara. Only when I laugh."

上星期，我去醫院探望我的朋友愛蜜莉。她動手術切除盲腸。她必須住院住十天。醫生告訴她，這一陣子不可以做運動。你可以想像愛蜜莉有多不開心。我們一些人一起出錢，買了一隻很大的泰迪熊。我們買泰迪熊是爲了讓她開心。當她看到泰迪熊的時候，她開始大笑。然後她大叫：「哎喲！哎喲！噢！」可憐的愛蜜莉，我問她會不會痛。她說：「只有在笑的時候才會，芭芭拉。只有在笑的時候。」

　　visit〔ˈvɪzɪt〕v. 探望
　　hospital〔ˈhɑspɪtḷ〕n. 醫院
　　appendix〔əˈpɛndɪks〕n. 盲腸　　***take out*** 取出
　　hospitalize〔ˈhɑspɪtḷˌaɪz〕v. 使住院治療
　　allow〔əˈlaʊ〕v. 允許
　　while〔hwaɪl〕n. 一會兒；一段時間
　　imagine〔ɪˈmædʒɪn〕v. 想像
　　unhappy〔ʌnˈhæpɪ〕adj. 不愉快的
　　share〔ʃɛr〕v. 分攤　　cost〔kɔst〕n. 費用
　　stuffed〔stʌft〕adj. 填充玩具的
　　teddy bear 泰迪熊
　　cheer up 使高興　　start〔stɑrt〕v. 開始
　　laugh〔læf〕v. 笑　　shout〔ʃaʊt〕v. 大叫

ouch〔aʊtʃ〕*interj.* 哎喲！【突然疼痛時發出的聲音，等於 ow〔aʊ〕】

poor〔pʊr〕*adj.* 可憐的　　pain〔pen〕*n.* 疼痛

be in pain 在痛苦中

30. (**C**) 從本文，我們可以知道關於愛蜜莉的什麼事情？

(A) 她希望將來能成為醫生。

(B) 她一點都不喜歡泰迪熊。

(C) 她喜歡運動。

(D) 她經常待在醫院。

* ***in the future*** 在未來　　***not…at all*** 一點也不

sport〔sport〕*n.* 運動

play sports 運動（= *do sports*）

31. (**B**) 愛蜜莉為什麼要去醫院？

(A) 她在醫院工作。

(B) 她必須動手術。

(C) 她想要探望一位生病的朋友。

(D) 她不想上學。

* operation〔ˌɑpəˈreʃən〕*n.* 手術

32. (**B**) 愛蜜莉可能何時可以再運動？

(A) 一把盲腸割掉後。

(B) 再過幾個禮拜。

(C) 當她加入醫院團隊後。

(D) 再過九天。

* ***be able to + V.*** 能夠　　***as soon as*** 一…就～

join〔dʒɔɪn〕*v.* 加入　　team〔tim〕*n.* 團隊

Question 33

請在紅線後等待

behind〔bɪˈhaɪnd〕*prep.* 在…之後（= *in back of*）
line〔laɪn〕*n.* 線；（等待順序的）行列；（電話）線路

33. (**C**) 此告示牌是什麼意思？

    (A) 排隊等候。   (B) 電話忙線中。

    (C) <u>站在此線後面。</u>   (D) 不要掛電話。

    * sign〔saɪn〕*n.* 告示牌   mean〔min〕*v.* 意思是
      busy〔ˈbɪzɪ〕*adj.* （電話）忙線中

Questions 34-35

最近五天的氣象預報

今天	明天	星期五	星期六	星期天
雲量偏多	多雲	多雲	雲量偏多	多雲
最高溫：32	最高溫：35	最高溫：33	最高溫：35	最高溫：29
最低溫：25	最低溫：27	最低溫：25	最低溫：25	最低溫：23

weather (ˈwɛðɚ) *n.* 天氣
forecast (ˈforˌkæst) *n.* 預報
mostly (ˈmostlɪ) *adv.* 大部分地；主要地
cloudy (ˈklaʊdɪ) *adj.* 多雲的
high (haɪ) *n.* 最高溫   low (lo) *n.* 最低溫

34. (**B**) 這個星期的天氣如何？

    (A) 下雨。

    (B) 多雲。

    (C) 晴朗。

    (D) 下雪。

    * rainy (ˈrenɪ) *adj.* 下雨的
      sunny (ˈsʌnɪ) *adj.* 晴朗的
      snowy (ˈsnoɪ) *adj.* 下雪的

35. (**C**) 下列敘述何者正確？

    (A) 星期六的夜間氣溫將是這星期最高的。

    (B) 星期天將是這星期最溫暖的一天。

    (C) 明天氣溫會上升。

    (D) 星期六將是這星期雲量最多的一天。

    * nighttime (ˈnaɪtˌtaɪm) *adj.* 夜間的
      temperature (ˈtɛmprətʃɚ) *n.* 氣溫
      warm (wɔrm) *adj.* 溫暖的
      go up 上升；增加

初級英檢模擬試題④詳解

閱讀能力測驗

第一部份：詞彙和結構

1. (**A**) Betty wants to be an <u>artist</u> because drawing is her passion.
   貝蒂想成為一位畫家，因為她熱愛繪畫。

   (A) *artist*〔'ɑrtɪst〕 *n.* 藝術家；畫家 (= *painter*)
   (B) scientist〔'saɪəntɪst〕 *n.* 科學家
   (C) pianist〔pɪ'ænɪst〕 *n.* 鋼琴家
   (D) guitarist〔gɪ'tɑrɪst〕 *n.* 吉他演奏家

   * drawing〔'drɔ‧ɪŋ〕 *n.* 畫圖
   　　passion〔'pæʃən〕 *n.* 熱愛；愛好

2. (**B**) All the guests thought the wedding was important, so they were all dressed in <u>formal</u> clothes.
   所有來賓都認為婚禮很重要，所以他們全都穿著<u>正式的</u>服裝。

   (A) fluent〔'fluənt〕 *adj.* 流利的
   (B) *formal*〔'fɔrml̩〕 *adj.* 正式的
   (C) funny〔'fʌnɪ〕 *adj.* 好笑的；有趣的
   (D) flat〔flæt〕 *adj.* 平坦的

   * guest〔gɛst〕 *n.* 客人；來賓
   　　wedding〔'wɛdɪŋ〕 *n.* 婚禮
   　　important〔ɪm'pɔrtn̩t〕 *adj.* 重要的
   　　be dressed in 穿著~

3. (**D**) Brenda didn't take the computer class because she couldn't <u>make</u> up her mind.
   布蘭達沒有修電腦課，是因為她沒辦法<u>下定</u>決心。

make up one's *mind* 下定決心

* *take a class* 上課 computer〔kəmˋpjutɚ〕n. 電腦

4. (**D**) My guess is that he didn't come because his parents wouldn't let him. I'm not sure.

我猜他沒來，是因為他父母不讓他來。我不是很確定。

(A) plan〔plæn〕n. 計畫

(B) truth〔truθ〕n. 真相；事實

(C) knowledge〔ˋnɑlɪdʒ〕n. 知識

(D) *guess*〔gɛs〕n. 猜測

* let〔lɛt〕v. 讓【三態同形】 sure〔ʃur〕adj. 確定的

5. (**B**) To celebrate my father's birthday, we are going to the mountains for a two-day vacation.

為了慶祝我父親的生日，我們要上山度假兩天。

(A) treat〔trit〕v. 對待；治療

(B) *celebrate*〔ˋsɛlə͵bret〕v. 慶祝

(C) collect〔kəˋlɛkt〕v. 收集

(D) allow〔əˋlau〕v. 允許

* mountain〔ˋmauntn̩〕n. 山

vacation〔veˋkeʃən〕n. 假期

6. (**C**) Can you take a modern history class next semester?

你下學期能夠修現代歷史的課嗎？

依句意為未來式，且 take 為原形動詞，故空格填助動詞 ***Can***，選 (C)。而 (A) did 須搭配表過去的時間副詞，與表未來的 next semester 不合，(B) have 用於完成式「have + 過去分詞」的形式，(D) are 用於未來式「are going to」的形式，故用法皆不合。

* modern〔ˈmɑdən〕*adj.* 現代的
  semester〔səˈmɛstə〕*n.* 學期

7. (**C**) I'm afraid <u>of</u> our neighbor's big dog.
   我很<u>怕</u>我們鄰居養的那隻大狗。

   be afraid of* + *N. 害怕
   * neighbor〔ˈnebə〕*n.* 鄰居

8. (**C**) Chinese New Year is coming, and all the people are
   busy <u>cleaning</u> their houses.
   農曆新年快到了，所有的人都忙著<u>打掃</u>家裡。

   be busy* + *V-ing 忙於
   * ***Chinese New Year*** 農曆新年　　clean〔klin〕*v.* 打掃

9. (**A**) Go two blocks, <u>and</u> you'll see the bookstore.
   走兩個街區，你<u>就會</u>看到書店。

   ⎰ 祈使句, and + S. + V.【and 表「就會」】
   ⎱ 祈使句, or + S. + V.【or 表「否則」】

   本句也可說成：If you go two blocks, you'll see the
   bookstore.
   * block〔blɑk〕*n.* 街區　　bookstore〔ˈbuk͵stor〕*n.* 書店

10. (**B**) Leo has quit smoking. He doesn't smoke <u>anymore</u>.
    李奧已經戒煙。他<u>不再</u>抽煙了。

    not…anymore 不再…

    而 (A) again〔əˈgɛn〕*adv.* 再一次，(C) anywhere
    〔ˈɛnɪ͵hwɛr〕*adv.* 任何地方，(D) anyway〔ˈɛnɪ͵we〕*adv.*
    無論如何，皆不合句意。
    * quit〔kwɪt〕*v.* 戒除（【三態同形】
      smoke〔smok〕*v.* 抽煙　　***quit smoking*** 戒煙

11. (**C**) Last night, it took me almost three hours <u>to prepare</u> for the science test.

昨晚，<u>準備</u>自然科小考花了我將近三個小時的時間。

take 表「花費（時間）」的用法：

「It 或事物 + take + 人 + 時間 + to V.」

* almost〔ˈɔl,most〕*adv.* 幾乎
prepare〔prɪˈpɛr〕*v.* 準備 < *for* >
science〔ˈsaɪəns〕*n.* 科學

12. (**D**) Two cute pandas came to Taiwan last September.

去年九月，有兩隻可愛的貓熊來台。

last 開頭的時間副詞，不須搭配介系詞，故選 (D)。

* cute〔kjut〕*adj.* 可愛的　　panda〔ˈpændə〕*n.* 貓熊

13. (**C**) We have a cat <u>whose</u> color is black and white.

我們有一隻顏色黑白相間的貓。

關係代名詞的所有格用 ***whose***，引導形容詞子句，修飾先行詞 cat。而 (A) who，(B) which，(D) that 雖是關係代名詞，但在其引導的形容詞子句中須做主詞或受詞，故用法不合。

* color〔ˈkʌlɚ〕*n.* 顏色　　***black and white*** 黑白的

14. (**B**) My sister wants a motorcycle, but she has no money to buy <u>one</u>.　我姊姊想要一台機車，但是她沒有錢買。

one 代替先前提到的名詞 a motorcycle，以避免重複。而 (A) the one，(C) it，(D) the other「另一個」，均有特定的意味，故用法皆不合。

* motorcycle〔ˈmotɚ,saɪkl̩〕*n.* 機車

15. (**C**) English is <u>so interesting</u> to me that I take every
opportunity to practice it.

英文對我而言<u>非常有趣</u>，所以我會把握每次練習的機會。

so…that～ 如此…以致於～

interest「使感興趣」有兩個形容詞：

〔 interesting 有趣的【修飾事物或人】
  interested 有興趣的【修飾人】

* take 〔 tek 〕 *v.* 利用
  opportunity 〔,ɑpə'tjunətɪ 〕 *n.* 機會
  practice 〔'præktɪs 〕 *v.* 練習

第二部份：段落填空

Questions 16-20

Billy had a terrible day today. First, he <u>was woken</u> up by a
16
strange call <u>at</u> three o'clock this morning. When he was going
17
to pick up the receiver, the phone stopped <u>ringing</u>. Then, he
18
overslept and <u>missed</u> the school bus, so he was thirty minutes late
19
for school. His teacher was very angry. What was <u>worse</u>, when
20
he got home this afternoon, he couldn't open the door because he
had left his keys in the classroom.

比利今天非常倒楣。首先，他今天早上凌晨三點就被一通奇怪的電話吵醒。當他要拿起話筒時，電話鈴聲就停了。然後，他就睡過頭而沒趕上校車，所以他到學校時，已經遲到三十分鐘。他的老師非常生氣。更糟的是，他今天下午回家後，無法開門，因為他把鑰匙留在教室裡。

terrible〔'tɛrəbl̩〕*adj.* 糟糕的
strange〔strendʒ〕*adj.* 奇怪的　　*pick up* 拿起
receiver〔rɪ'sivɚ〕*n.* 電話聽筒
oversleep〔'ovɚ'slip〕*v.* 睡過頭【三態變化為：oversleep-
oversleep-overslept】
school bus 校車　　late〔let〕*adj.* 遲到的
angry〔'æŋgrɪ〕*adj.* 生氣的　　leave〔liv〕*v.* 遺留
key〔ki〕*n.* 鑰匙

16.（**A**）依句意，比利被奇怪的電話吵醒，用被動語態，即「be 動詞
　　　＋過去分詞」的形式，又整篇敘述為過去式，故選 (A) *was*
　　　woken。
　　　wake〔wek〕*v.* 叫醒【三態變化為：wake-woke-woken】

17.（**A**）「在」凌晨三點鐘的時候，用介系詞 *at*，選 (A)。

18.（**C**）{ stop + V-ing　停止做～
　　　　　 stop + to V.　停下來，去做～

　　　按照句意，電話鈴聲停了，故選 (C) *ringing*。
　　　ring〔rɪŋ〕*v.*（鈴）響

19.（**D**）(A) leave〔liv〕*v.* 離開
　　　　(B) lose〔luz〕*v.* 失去
　　　　(C) catch〔kætʃ〕*v.* 趕上
　　　　(D) *miss*〔mɪs〕*v.* 錯過

20.（**A**）*what is worse* 更糟的是

Questions 21-25

Do you know what to do in an earthquake? When there is an earthquake, many things can fall down on you. So if you are inside, find a <u>safe</u> place such as under a table or in a doorway. If
　　　　　　　　　　21
you are <u>outside</u>, go to an open area and <u>cover</u> your head. If you
　　　　22　　　　　　　　　　　　　　23
are driving a car, stop the car at the side of the road and <u>wait</u>.
　　　　　　　　　　　　　　　　　　　24
Stay in your safe place until the shaking stops. You cannot stop an earthquake, but you can be <u>ready</u> for one.
　　　　　　　　　　　　25

　　你知道地震時該怎麼辦嗎？地震發生的時候，可能會有很多東西掉到你身上。所以如果你是在室內，就要找個安全的地方，例如桌子下面或門口。如果你在室外，就找個空曠的地方，然後蓋住頭部。如果你正在開車，把車停在路邊等一下。待在安全的地方，直到震動停止。你無法阻止地震，但是你可以為地震做好準備。

earthquake〔ˈɝθˌkwek〕n. 地震　　***fall down*** 倒下；落下
inside〔ɪnˈsaɪd〕adv. 在室內　　***such as*** 像是 (= *like*)
doorway〔ˈdorˌwe〕n. 門口　　open〔ˈopən〕adj. 空曠的
area〔ˈɛrɪə〕n. 地區　　head〔hɛd〕n. 頭
drive〔draɪv〕v. 開車　　side〔saɪd〕n. 一側；一邊
photo〔ˈfoto〕n. 照片　　***in front of*** 在⋯前面
stay〔ste〕v. 停留　　safe〔sef〕adj. 安全的
until〔ənˈtɪl〕conj. 直到　　shaking〔ˈʃekɪŋ〕n. 搖動；震動

21. (**C**)　(A) quiet〔ˈkwaɪət〕adj. 安靜的
　　　　　　(B) noisy〔ˈnɔɪzɪ〕adj. 吵鬧的
　　　　　　(C) ***safe***〔sef〕adj. 安全的
　　　　　　(D) dangerous〔ˈdendʒərəs〕adj. 危險的

22. (**A**) 依句意，前面先講到在室內的防震須知，後面再提到「在室外」的防震須知，故選 (A) *outside* (= *outdoors*)。

23. (**A**) and 為對等連接詞，前後連接文法地位相等的單字、片語或子句，go 為原形動詞，故空格須填 (A) *cover* 〔'kʌvɚ 〕遮蓋，形成祈使句。

24. (**D**) (A) walk 〔 wɔk 〕 *v.* 走路　　(B) run 〔 rʌn 〕 *v.* 跑
(C) jump 〔 dʒʌmp 〕 *v.* 跳　　(D) *wait* 〔 wet 〕 *v.* 等待

25. (**B**) (A) nervous 〔'nɝvəs 〕 *adj.* 緊張的
(B) *ready* 〔'rɛdɪ 〕 *adj.* 準備好的 < *for* >
(C) surprised 〔 sə'praɪzd 〕 *adj.* 驚訝的
(D) impressed 〔 ɪm'prɛst 〕 *adj.* 印象深刻的

第三部份：閱讀理解

Questions 26-27

March 1, 2003

Dear son,

How are you? It's just one month since I came to Canada. I'm learning English after work because I need to talk to people around me in English.

Last night, my English teacher, Mr. Smith, said to me, "You look tired. How come, Mr. Liu?" I said, "How…come…? Well, I…I…I come here by subway." The teacher said, "I know you come here by subway, but how come you are tired?" I didn't understand him well and didn't say anything. Then he smiled and said, "Well,

I am asking why you are tired."

I know both "how" and "come," but I didn't understand "How come?" It was really new to me. Have you learned it at school? English is interesting, isn't it? Every day I'm learning new things in this way. I have had a lot of wonderful experience. How about you?

I hope to hear from you soon.

With love,
Dad

2003 年 3 月 1 日

親愛的兒子：

你好嗎？我來加拿大才一個月而已。我現在下班後去學英文，因為我必須跟周遭的人用英語交談。

昨天晚上，我的英文老師史密斯先生對我說：「你看起來很累。劉先生，為什麼？」我說：「如何…來…？嗯，我…我…我坐地下鐵來的。」老師說：「我知道你坐地鐵來的，可是你怎麼會這麼累呢？」我不太清楚他的意思，所以我就沒說話了。然後他微笑說著：「嗯，我是問你為何如此疲倦。」

我知道「如何」跟「來」的意思，可是我不知道什麼是「為什麼？」這對我而言真的是新的東西。你在學校有學過嗎？英文真有趣，不是嗎？每天我都用這種方式學習新事物。我有很多很棒的經驗。那你呢？

希望能很快收到你的回信。

愛你的，
父親

son〔sʌn〕n. 兒子　　since〔sɪns〕conj. 自從
Canada〔'kænədə〕n. 加拿大　　*after work* 下班後
around〔ə'raʊnd〕prep. 在…周圍
in 表「用～（語言）」。　　*how come* 爲什麼
subway〔'sʌb,we〕n. 地下鐵（= Metro〔'mɛtro〕）
understand〔,ʌndə'stænd〕v. 了解
smile〔smaɪl〕v. 微笑　　new〔nju〕adj. 陌生的 < to >
in this way 用這種方式　　*a lot of* 許多的
wonderful〔'wʌndəfəl〕adj. 很棒的
experience〔ɪk'spɪrɪəns〕n. 經驗
hear from sb. 得知某人的消息；收到某人的來信
dad〔dæd〕n. 爸爸

26. (**C**) 下列敘述何者正確？

　　(A) 這是一封女兒寫給父親的信。

　　(B) 劉先生很累，因爲在地鐵上班。

　　(C) 劉先生於二月初到加拿大。

　　(D) 劉先生在上完英文課後工作。

　　* letter〔'lɛtə〕n. 信　　daughter〔'dɔtə〕n. 女兒
　　　beginning〔bɪ'gɪnɪŋ〕n. 起初；開始

27. (**B**) 如果史密斯先生問劉先生："How come you are late?"，
　　　這是什麼意思？

　　(A) 你是如何晚來的？

　　(B) 你爲什麼遲到？

　　(C) 你爲何不遲到？

　　(D) 你如何遲到的？

Questions 28-30

書　園
隆重開幕

「書園」終於來台灣了！別錯過我們下星期六開始的開幕慶祝活動！爲期兩個禮拜，你將享有六到八折的優惠，購買你喜歡的書。我們有全國最多種類的書籍可供挑選，不論是小說、戲劇、詩、眞人眞事、雜誌等，應有盡有。

若是我們的第一千名顧客，將贏得大禮。

garden〔'gɑrdn̩〕n. 花園　　grand〔grænd〕adj. 盛大的
opening〔'opənɪŋ〕n. 開幕
finally〔'faɪnl̩ɪ〕adv. 最後；終於
arrive〔ə'raɪv〕v. 到達　　miss〔mɪs〕v. 錯過
celebration〔͵sɛlə'breʃən〕n. 慶祝（活動）
savings〔'sevɪŋz〕n. pl. 省下的錢
percent〔pə'sɛnt〕n. 百分比
selection〔sə'lɛkʃən〕n. 精選品
island〔'aɪlənd〕n. 島【在此指「台灣全島」】
fiction〔'fɪkʃən〕n. 小說　　drama〔'drɑmə〕n. 戲劇
poetry〔'poɪtrɪ〕n. 詩【總稱】
real-life〔'riəl͵laɪf〕adj. 眞實的；現實的
magazine〔͵mægə'zin〕n. 雜誌
customer〔'kʌstəmə〕n. 顧客
present〔'prɛznt̩〕n. 禮物（= gift〔gɪft〕）

28. (**D**) 書園在慶祝什麼？

    (A) 即將結束營業。   (B) 慶祝三十週年。

    (C) 全球第一千家分店即將開幕。

    (D) <u>台灣第一家分店即將開幕。</u>

    * close〔kloz〕v. 關閉；結束　　***in the world*** 在全世界

29. (**B**) 特賣將持續多久？

    (A) 一個週末。   (B) <u>十四天。</u>

    (C) 一個禮拜。   (D) 一個月。

    * sale〔sel〕n. 特賣　　last〔læst〕v. 持續
      weekend〔'wik'ɛnd〕n. 週末

30. (**A**) 根據這則廣告，特價期間，書園沒有保證要做什麼？

    (A) <u>書籍免費配送。</u>   (B) 提供許多不同種類的書。

    (C) 降低價錢。   (D) 送禮給第一千位顧客。

    * ***according to*** 根據
      advertisement〔ˌædvɚ'taɪzmənt〕n. 廣告
      promise〔'pramɪs〕v. 保證
      during〔'djurɪŋ〕prep. 在…期間
      deliver〔dɪ'lɪvɚ〕v. 運送；遞送
      free〔fri〕adv. 免費地　　offer〔'ɔfɚ〕v. 提供
      different〔'dɪfrənt〕adj. 不同的　　kind〔kaɪnd〕n. 種類
      lower〔'loɚ〕v. 降低　　price〔praɪs〕n. 價錢

Question 31

31. (**B**) 這個告示牌是什麼意思？

    (A) 禁止停車。

    (B) <u>繫上安全帶。</u>

    (C) 禁止進入。

    (D) 出口。

* sign〔saɪn〕*n.* 告示牌　　mean〔min〕*v.* 意思是
park〔pɑrk〕*v.* 停車　　fasten〔'fæsn̩〕*v.* 繫上
seat belt 安全帶　　enter〔'ɛntɚ〕*v.* 進入
exit〔'ɛgzɪt, -sɪt〕*n.* 出口

Questions 32-33

這是一本書中六課的目錄。仔細閱讀後，回答問題。

diet〔'daɪət〕*n.* 飲食　　***lose weight*** 減肥
easily〔'izɪlɪ〕*adv.* 容易地；輕鬆地
future〔'fjutʃɚ〕*adj.* 未來的　　believe〔bɪ'liv〕*v.* 相信
believe it or not 信不信由你

32. (**D**) 無法說話的人，可以靠動手指，來告訴其他人他們想說什麼。
約瑟夫想知道更多有關手語的事。哪一課對他有幫助？

(A) 第一課。　　　　　　(B) 第二課。
(C) 第三課。　　　　　　(D) <u>第四課。</u>

* move〔muv〕*v.* 移動　　finger〔'fɪŋgɚ〕*n.* 手指
useful〔'jusfəl〕*adj.* 有用的

33. (**B**) 下列敘述何者不正確？

　　(A) 第一課是關於電腦。　　(B) 第五課比第一課長。

　　(C) 最後一課或許有奇怪的故事。

　　(D) 想減肥的人應該看第二課及第三課。

　　* following〔'faləwɪŋ〕 *adj.* 下列的
　　　true〔tru〕 *adj.* 眞實的；正確的
　　　strange〔strendʒ〕 *adj.* 奇怪的
　　　last〔læst〕 *adj.* 最後的　　***go on a diet*** 節食；減肥

Questions 34-35

　　I had a funny dream last night. I dreamed that I became Superman. I was smart and strong. I had the best grades in my class. I was good at playing basketball, baseball and volleyball. At the same time, I was the captain of all three school teams.

　　我昨晚做了一個好笑的夢。我夢見我變成超人。我旣聰明又強壯。我在班上成績最好。我擅長打籃球、棒球和排球。同時我還是這三個校隊的隊長。

　　　funny〔'fʌnɪ〕 *adj.* 好笑的　　dream〔drim〕 *n.* 夢　*v.* 夢見
　　　Superman〔'supɚ‚mæn〕 *n.* 超人　　smart〔smɑrt〕 *adj.* 聰明的
　　　strong〔strɔŋ〕 *adj.* 強壯的　　grade〔gred〕 *n.* 分數；成績
　　　be good at 擅長　　play〔ple〕 *v.* 打（球）
　　　volleyball〔'valɪ‚bɔl〕 *n.* 排球　　***at the same time*** 同時
　　　captain〔'kæptɪn〕 *n.*（運動團隊的）隊長　　***school team*** 校隊

　　After school, I wore Superman clothing and helped people in need. I helped an old lady cross the road and a little girl take her kite down from a tree. I also helped the police catch bad people. I did so many good things that the President invited me to have dinner. But I didn't accept his invitation because I had to study for my final exam. What a strange ending my dream had!

放學後，我穿上超人裝，然後幫助窮困的人。我幫忙一位老太太過馬路，還幫一位小女孩把她的風箏從樹上拿下來。我也幫警方抓壞人。我做了這麼多好事，所以總統邀請我共進晚餐。但是我沒有接受他的邀請，因爲我必須準備期末考。這場夢的結局，多麼奇怪啊！

> *after school* 放學後
> wear〔wɛr〕v. 穿【三態變化爲：wear-wore-worn】
> clothing〔'kloðɪŋ〕n. 衣服　　*in need* 在窮困中的
> cross〔krɔs〕v. 越過　　*take down* （從高處）取下
> kite〔kaɪt〕n. 風箏　　*the police* 警方
> catch〔kætʃ〕v. 逮捕；抓到　　president〔'prɛzədənt〕n. 總統
> invite〔ɪn'vaɪt〕v. 邀請　　have〔hæv〕v. 吃
> accept〔ək'sɛpt〕v. 接受　　invitation〔ˌɪnvə'teʃən〕n. 邀請
> *final exam* 期末考　　ending〔'ɛndɪŋ〕n. （故事等的）結局

34. (**A**) 作者昨天晚上夢見什麼？

(A) 他是超人。　　　　　(B) 他偶然遇見超人。

(C) 超人幫助他。

(D) 超人教他在籃球比賽中，如何投籃投得準。

* writer〔'raɪtə〕n. 作者　　*bump into* 偶然遇到
  shot〔ʃɑt〕n. 投籃

35. (**B**) 作者在夢中，放學後做什麼？

(A) 在公車上，他讓位給一名警察。

(B) 他幫一個小女孩把她的風箏從樹上拿下來。

(C) 他和總統共進晚餐。

(D) 他忘記他的夢最後發生了什麼事情。

* *give one's seat to* 讓位給～
  policeman〔pə'lismən〕n. 警察
  forget〔fə'gɛt〕v. 忘記　　happen〔'hæpən〕v. 發生
  end〔ɛnd〕n. 最後部分　　*at the end of* 在～的最後

初級英檢模擬試題⑤ 詳解

閱讀能力測驗

第一部份：詞彙和結構

1. (**A**) I was tired, so I <u>lay</u> down on the sofa and slept.
   我很累，所以躺在沙發上睡覺。

   > lie「躺」的三態變化為：lie-lay-lain，依句意為過去式，
   > 故選 (A) lay。而 (B) laid 是 lay「下蛋；放置」的過去
   > 式，(D) lied 是 lie「說謊」的過去式。
   > * tired〔taɪrd〕*adj.* 疲倦的　　sofa〔'sofə〕*n.* 沙發

2. (**A**) "Ian, you never learned to drive, <u>did you</u>?"
   「伊安，你從沒學過開車，<u>是嗎？</u>」

   > 附加問句與敘述句的動詞時態須相同（learned 為過去
   > 式），且敘述句是否定（有 never）時，附加問句應為
   > 肯定，故應選 (A) did you。
   > * drive〔draɪv〕*v.* 開車

3. (**C**) I want to learn painting <u>during</u> my vacation in Taipei.
   我想在台北度假<u>期間</u>學繪畫。

   > (A) while〔hwaɪl〕*conj.* 當…的時候
   > (B) until〔ən'tɪl〕*prep.* 直到…為止
   > (C) ***during***〔'djurɪŋ〕*prep.* 在…期間
   > (D) for〔fɔr〕*prep.* 在…期間（一直）；持續（多久）
   >
   > (A) 是連接詞，後應接子句，(B) 後應接一時間點，(D) 是
   > 強調動作持續的期間，故應選 (C) 表某一特定的期間。
   > * painting〔'pentɪŋ〕*n.* 繪畫
   >   vacation〔ve'keʃən〕*n.* 假期

4. (**D**)　The notice was written <u>with</u> a crayon.

　　　　這公告是<u>用</u>蠟筆寫的。

　　　　　　(A) be written from… …寫來的（信）
　　　　　　(B) be written in… 被寫進…（書）中
　　　　　　(C) write of… 寫關於…　　(D) ***write with***… 用…寫
　　　　　　* notice〔'notɪs〕*n.* 告示　　crayon〔'kreən〕*n.* 蠟筆

5. (**C**)　Your son will be <u>a</u> Mozart in the future.

　　　　你的兒子將來會成為<u>一位</u>像莫札特一樣的音樂家。

　　　　　　「a(n) + 名人」表「像名人一樣的人」，故選 (C)。
　　　　　　* Mozart〔'mozɑrt〕*n.* 莫札特　　future〔'fjutʃɚ〕*n.* 未來

6. (**A**)　I have two English dictionaries; one is big and <u>the other</u>
　　　　is small.　我有兩本英文字典；一本是大的，<u>另一本</u>是小的。

　　　　　　要分別說明前面提及的兩個人事物時，一個用 one 代替，
　　　　　　另一個則用 ***the other*** 代替，故選 (A)。
　　　　　　* dictionary〔'dɪkʃənˌɛrɪ〕*n.* 字典

7. (**C**)　The lady <u>whom</u> Iris lives with is my sister.

　　　　和愛瑞絲住在一起的女士是我的姊妹。

　　　　　　先行詞 The lady 做介系詞 with 的受詞，故關係代名詞
　　　　　　要用受格 whom，選 (C)。

8. (**C**)　If I had taken your advice then, I <u>would have finished</u>
　　　　the work now.

　　　　如果那時我有接受你的忠告，現在我<u>將已經完成</u>工作了。

　　　　　　由條件句的「過去完成式」可知，這是一個「與過去事實
　　　　　　相反」的假設法句型，故主要子句須用「would/should/
　　　　　　could/might + have + 過去分詞」，故選 (C)。

　　＊ advice〔 əd'vaɪs 〕*n.* 忠告
　　take** one's **advice 接受某人忠告
　　finish〔'fɪnɪʃ 〕*v.* 完成

9. (**B**) I will wait in the rain until Sara <u>opens</u> the door.
我會在雨中一直等到莎拉<u>開</u>門。

　　表「時間」的副詞子句中，應以現在代替未來，故選 (B)。

　　＊ ***in the rain*** 在雨中
　　until〔 ən'tɪl 〕*conj.* 直到

10. (**D**) Stop <u>playing</u> that video game! Have you finished your homework? 不要再<u>打</u>電動了！你功課做完了嗎？

$$\begin{cases} \text{stop + V-ing} \quad 停止做～（動作已做）\\ \text{stop + to V.} \quad 停下來去做～（動作未做）\end{cases}$$

　　＊ ***video game*** 電動玩具

11. (**D**) This closet was <u>made of</u> a teak wood, so it's quite expensive. 這個衣櫥是<u>由柚木製成</u>，所以相當昂貴。

$$\begin{cases} \text{be made + from～} \quad 以～製成【材料本質已變】\\ \text{be made + of～} \quad 以～製成【材料本質未變】\end{cases}$$

　　＊ closet〔'klɑzɪt 〕*n.* 衣櫥　　teak〔 tik 〕*n.* 柚木
　　wood〔 wʊd 〕*n.* 木材　　quite〔 kwaɪt 〕*adv.* 相當
　　expensive〔 ɪk'spɛnsɪv 〕*adj.* 昂貴的

12. (**D**) I don't want <u>much</u> pepper in my soup. Just a little, please. 我的湯不要<u>很多</u>胡椒粉。請放一點點就好。

　　由第二句知，並非完全不要胡椒粉，且 pepper（胡椒粉）
　　為不可數名詞，故選 (D)。

　　＊ pepper〔'pɛpɚ 〕*n.* 胡椒（粉）　　soup〔 sup 〕*n.* 湯

13. (**D**) She used to be a beautiful girl, but she is an old lady now. 她從前是一個美麗的女孩，但現在是個老太太了。

> $\begin{cases} \textbf{\textit{be used to}} + \textbf{\textit{V-ing}} \textbf{\textit{/ N.}} \ 習慣於 \sim \\ \textbf{\textit{used to be}} + \textbf{\textit{N.}} \ 從前是 \sim \end{cases}$

14. (**C**) My bicycle was stolen, so I have to go home on foot. 我的腳踏車被偷了，所以我必須徒步回家。

> with 雖可表「用 $\sim$」，但「用腳回家」不合理，應選 (C)，形成 *on foot*「徒步」。
>
> * steal〔stil〕v. 偷【三態變化為：steal-stole-stolen】
>   *on foot* 徒步

15. (**A**) Amy will leave for Paris next week. There will be big sales in Paris then. 艾咪下星期要去巴黎。那時巴黎會有大減價特賣。

> $\begin{cases} \textbf{\textit{leave for}} \sim \ \ 前往 \sim \\ \textbf{\textit{leave from}} \sim \ \ \ 從 \sim 離開 \end{cases}$
>
> * Paris〔'pærɪs〕n. 巴黎
>   sale〔sel〕n. 特價；拍賣
>   then〔ðɛn〕adv. 那時

第二部份：段落填空

Questions 16-20

　　Some people try <u>hard</u> to have better things than other
                    16
people, so they <u>borrow</u> money from friendly banks. They can
                17
buy anything they want, but the money they spend is not <u>theirs</u>.
                                                          18

This materialistic（物質主義的）world has <u>influenced</u> our young
                                              19
generation very much. Some young people use credit cards to

buy things they want. They don't care <u>if</u> they have enough
                                         20
money to pay back the banks.

　　有些人很努力想擁有比別人更好的東西，所以他們跟友善的銀行借
錢。他們可以買他們想要的任何東西，但是他們花的錢不是他們自己的。
這個物質主義的世界已經對我們年輕的一代，造成很大的影響。有些年
輕人用信用卡買他們想要的東西，他們不在乎是否有足夠的錢還給銀
行。

　　　　try〔traɪ〕v. 嘗試　　better〔'bɛtɚ〕adj. 更好的
　　　　friendly〔'frɛndlɪ〕adj. 友善的
　　　　bank〔bæŋk〕n. 銀行　　spend〔spɛnd〕v. 花費
　　　　materialistic〔mə,tɪrɪəl'ɪstɪk〕adj. 物質主義的
　　　　generation〔,dʒɛnə'reʃən〕n. 世代　　*credit card* 信用卡
　　　　care〔kɛr〕v. 在乎　　pay〔pe〕v. 付錢　　*pay back* 償還

16. (**B**)　(A) hardly〔'hɑrdlɪ〕adv. 幾乎不
　　　　　　(B) *hard*〔hɑrd〕adv. 努力地
　　　　　　(C) often〔'ɔfən〕adv. 經常
　　　　　　(D) sincerely〔sɪn'sɪrlɪ〕adv. 衷心地

17. (**A**)　(A) *borrow*〔'baro〕v. 借（入）
　　　　　　(B) lend〔lɛnd〕v. 借（出）
　　　　　　(C) bring〔brɪŋ〕v. 帶來
　　　　　　(D) spend〔spɛnd〕v. 花費

18. (**A**)　依句意，選 (A) they 的所有格代名詞 *theirs*（= *their*
　　　　　　money）。而沒有 (B) their's 這種寫法，(C) their 是 they
　　　　　　的所有格，(D) them 是 they 的受格。

19. (**B**) (A) improve〔ɪm'pruv〕*v.* 改進

(B) ***influence***〔'ɪnfluəns〕*v.* 影響

(C) offer〔'ɔfɚ〕*v.* 提供

(D) puzzle〔'pʌzḷ〕*v.* 使困惑

20. (**D**) 按照句意,他們不在乎「是否」有足夠的錢還銀行,
故選 (D) *if*「是否」。

Questions 21-25

I'm fond of <u>writing</u> emails to people from other countries.
　　　　　　　　21

My favorite online friend lives in Italy. I <u>sent</u> a letter to him
　　　　　　　　　　　　　　　　　　　　　22

two weeks ago. I haven't received an answer to that letter <u>yet</u>.
　　　　　　　　　　　　　　　　　　　　　　　　　　　23

Maybe my English is <u>so</u> poor that he didn't understand what
　　　　　　　　　　　24

I <u>wrote</u>.
　　25

　　我很喜歡寫電子郵件給其他國家的人。我最喜歡的網友住在義大
利。兩個星期前我寄了一封信給他,我還沒收到他對那封信的回應,可
能是我的英文太爛了,他不懂我在寫什麼。

> ***be fond of*** 喜歡 (= *like*)
> email〔'i,mel〕*n.* 電子郵件 (= *e-mail*)
> country〔'kʌntrɪ〕*n.* 國家
> favorite〔'fevərɪt〕*adj.* 最喜愛的
> online〔'ɑn,laɪn〕*adj.* 線上的;網路上的 (= *on-line*)
> ***online friend*** 網友　　Italy〔'ɪtḷɪ〕*n.* 義大利
> letter〔'lɛtɚ〕*n.* 信　　answer〔'ænsɚ〕*n.* 回覆;回答
> maybe〔'mebɪ〕*adv.* 或許　　poor〔pur〕*adj.* 差的

21. (**C**) be fond of 後若接動詞，應改爲動名詞的形式，因 of 是介系詞，故選 (C) *writing*。

22. (**A**) 現在完成式不能與「表過去確定的時間副詞」連用，本句句尾有 two weeks ago，故須用過去式，選 (A) *sent*。
send〔sɛnd〕*v.* 寄；送

23. (**D**) (A) still 作「仍然」解時，通常置於句中；(B) really「眞正地」通常置於句中；(C) already「已經」只能用於肯定句；(D) yet 用在疑問句時，作「已經」解，用在「否定句」時，作「尙（未）」解，通常置於句尾，故依句意，選 (D) *yet*。

24. (**B**) 由形容詞 poor 後的 that 及句意得知，應選 (B) *so*，來形成 so…that~「如此…以致於~」的句型。

25. (**D**) 這封信是過去寫的，故 (A) 不合；寫信的動作已完成，並無繼續的意味，亦非剛完成的動作，故不可用現在完成式，故 (B) 不合；複合關係代名詞 what 應引導一子句，若選 (C) 則不成子句（沒有動詞）；故應選簡單過去式 (D) *wrote*。

第三部份：閱讀理解

Question 26

營 業 時 間
8:30-20:30

26. (**D**) 你常常在哪裡看到這個告示牌？
    (A) 在醫院。   (B) 在學校。
    (C) 在機場。   (D) 在文具店。

* hours〔aʊrz〕*n. pl.* 時間　　sign〔saɪn〕*n.* 告示牌
  hospital〔'hɑspɪtl̩〕*n.* 醫院
  airport〔'ɛr,port〕*n.* 機場
  stationery〔'steʃən,ɛrɪ〕*n.* 文具

Question 27

請　注　意

◆

我們將從十月一日休
息至十二月十五日。請屆
時再回來參觀選購。

蘋果書店

notice〔'notɪs〕*v.* 注意　　closed〔klozd〕*adj.* 歇業的
October〔ɑk'tobɚ〕*n.* 十月
December〔dɪ'sɛmbɚ〕*n.* 十二月
visit〔'vɪzɪt〕*v.* 參觀；去
then〔ðɛn〕*adv.* 屆時；到那時
bookstore〔'bʊk,stor〕*n.* 書店

27. (**A**) 蘋果書店將歇業幾天？

　　(A) 約七十五天。　　　　(B) 約一百零五天。
　　(C) 約四十五天。　　　　(D) 約一百三十五天。

Questions 28-29

★ 電影指南 ★

尖峰時刻	15:00 23:00	麥兜的故事	09:00 13:00
動作片 　你喜歡成龍嗎？「尖峰時刻」是他最新的電影。相當刺激，來好好享受吧！		**卡通** 　麥兜是一隻小豬，他有點笨，但是他非常可愛。你想要分享他的快樂嗎？一定要來看哦。	
豆豆先生	11:00 19:00	哈利波特 第三集	17:00 21:00
喜劇 　羅溫艾金森是一個偉大的演員。他的電影「豆豆先生」來了。它很有趣，別錯過了！		**奇幻文學** 　哈利波特已經在魔法學校三年了，他開始了新的冒險。一切進展得如何呢？	

guide〔gaɪd〕n. 指南　　rush〔rʌʃ〕adj. 匆忙的
rush hour 尖峰時間　　action〔'ækʃən〕n. 動作
Jackie Chan 成龍　　latest〔'letɪst〕adj. 最新的
exciting〔ɪk'saɪtɪŋ〕adj. 刺激的　　*have fun* 玩得開心
cartoon〔kɑr'tun〕n. 卡通　　*kind of* 有一點
silly〔'sɪlɪ〕adj. 愚蠢的　　cute〔kjut〕adj. 可愛的
share〔ʃɛr〕v. 分享　　sure〔ʃur〕adj. 確定的；一定的
bean〔bin〕n. 豆子　　comedy〔'kɑmədɪ〕n. 喜劇
actor〔'æktɚ〕n. 男演員　　funny〔'fʌnɪ〕adj. 好笑的
miss〔mɪs〕v. 錯過　　fantasy〔'fæntəsɪ〕n. 奇幻文學
wizardry〔'wɪzɚdrɪ〕n. 巫術　　begin〔bɪ'gɪn〕v. 開始
adventure〔əd'vɛntʃɚ〕n. 冒險　　go〔go〕v. 進展

28. (**B**)　茉莉帶著她六歲的兒子去看電影。他很可能最想看哪部電影？

　　(A) 尖峰時刻。　　　　　　(B) 麥兜的故事。

　　(C) 豆豆先生。　　　　　　(D) 哈利波特第三集。

　　* bring〔brɪŋ〕v. 帶　　**6-year-old** 六歲的
　　likely〔'laɪklɪ〕adv. 可能地

29. (**C**)　現在是下午五點半，你不可以在晚上十點以後到家。那麼，
　　　你可以看哪部電影？

　　(A) 尖峰時刻。　　　　　　(B) 麥兜的故事。

　　(C) 豆豆先生。　　　　　　(D) 哈利波特第三集。

　　* allow〔ə'laʊ〕v. 允許　　arrive〔ə'raɪv〕v. 到達

Questions 30-32

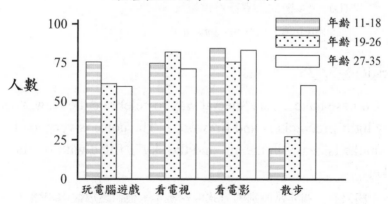

favorite〔'fevərɪt〕adj. 最喜愛的　　age〔edʒ〕n. 年齡
number〔'nʌmbɚ〕n. 人數
computer games 電動玩具；電玩遊戲
go to the movie 去看電影　　*take a walk* 散步

30. (**A**) 十一至十八歲的人最不喜歡 _____ 。

    (A) <u>散步</u>   (B) 看電視

    (C) 看電影   (D) 打電動

    * aged〔edʒd〕*adj.* …歲的　　least〔list〕*adv.* 最不
    enjoy〔ɪnˈdʒɔɪ〕*v.* 喜歡；享受

31. (**D**) 什麼是大多數的人喜歡做的？

    (A) 看電視和打電動。   (B) 打電動和散步。

    (C) 散步和看電影。   (D) <u>看電影和看電視。</u>

    * most〔most〕*adj.* 大多數的

32. (**B**) 哪一個句子是正確的？

    (A) 二十七至三十五歲的人最喜歡打電動。

    (B) <u>十一至十八歲的人最喜歡看電影。</u>

    (C) 十九至二十六歲的人喜歡打電動甚於看電視。

    (D) 大多數的人喜歡看電視。

    * sentence〔ˈsɛntəns〕*n.* 句子

Questions　33-35

    Chinese have a very special way to celebrate the New Year. They light firecrackers and fireworks. The noise is very loud, the smoke is heavy in the air, and the sky is filled with bright rockets.

    中國人有一個非常特別的方式慶祝新年，他們燃放鞭炮和煙火。聲音很大，空氣中濃煙密佈，天空中滿是燦爛的煙火。

    special〔ˈspɛʃəl〕*adj.* 特別的　　way〔we〕*n.* 方式；方法
    celebrate〔ˈsɛləˌbret〕*v.* 慶祝　　light〔laɪt〕*v.* 點燃
    firecracker〔ˈfaɪrˌkrækɚ〕*n.* 鞭炮

firework〔ˈfaɪr͵wɝk〕n. 煙火　　　noise〔nɔɪz〕n. 聲響；噪音
loud〔laʊd〕adj. 大聲的　　smoke〔smok〕n. 煙
heavy〔ˈhɛvɪ〕adj. 濃密的　　air〔ɛr〕n. 空氣
in the air 在空中　　sky〔skaɪ〕n. 天空
fill〔fɪl〕v. 裝滿　　***be filled with*** 充滿了
bright〔braɪt〕adj. 明亮的　　rocket〔ˈrɑkɪt〕n. 沖天煙火

People say this custom started in ancient times. People back then were afraid of a monster called Nian. Of course, there are no such things as monsters, but people many centuries ago believed there were. They believed this frightening beast would come to try to eat them on New Year's.

聽說這個習俗開始於古代。那時候的人害怕一隻叫「年」的怪獸。當然沒有怪獸這回事，但是幾世紀以前的人相信有。他們相信，這嚇人的野獸會在新年時前來，想要吃掉他們。

custom〔ˈkʌstəm〕n. 習俗　　start〔stɑrt〕v. 開始
ancient〔ˈenʃənt〕adj. 古代的　　times〔taɪmz〕n. pl. 時代
back〔bæk〕adv. 過去　　then〔ðɛn〕adv. 那時
afraid〔əˈfred〕adj. 害怕的　　***be afraid of*** 害怕
monster〔ˈmɑnstɚ〕n. 怪獸　　***called***~ 叫作~
as〔əz〕prep. 如…；像…　　century〔ˈsɛntʃərɪ〕n. 世紀
ago〔əˈgo〕adv. …之前　　believe〔bɪˈliv〕v. 相信
frightening〔ˈfraɪtn̩ɪŋ〕adj. 可怕的　　beast〔bist〕n. 野獸

They also believed that the monster Nian was afraid of loud noises. So every Chinese New Year, all over the world, wherever there are Chinese people living, you will be able to hear and see fireworks.

他們也相信，這年獸害怕吵雜的噪音。所以，每次的中國新年，在世界各地，只要有中國人住的地方，你就能聽到，並且看到煙火。

all over 遍及　　wherever〔hwɛr'ɛvɚ〕*conj.* 無論何地
be able to 能夠

33. (**C**) 鞭炮類似於小型的 ＿＿＿＿＿＿。

(A) airplane〔'ɛr,plen〕*n.* 飛機

(B) monster〔'manstɚ〕*n.* 怪獸

(C) **bomb**〔bam〕*n.* 炸彈

(D) fire〔faɪr〕*n.* 火

* similar〔'sɪmələ〕*adj.* 類似的

34. (**D**) 古代的中國人相信 ＿＿＿＿＿＿。

(A) 「年」會偷他們的食物

(B) 煙火會帶來好天氣

(C) 吵雜的噪音會帶來幸運的一年

(D) 地球上有一隻邪惡的怪獸

* steal〔stil〕*v.* 偷　　bring〔brɪŋ〕*v.* 帶來
weather〔'wɛðɚ〕*n.* 天氣　　lucky〔'lʌkɪ〕*adj.* 幸運的
evil〔'ivl〕*adj.* 邪惡的　　earth〔ɝθ〕*n.* 地球

35. (**B**) 這個關於年的這隻怪獸的節日故事 ＿＿＿＿＿＿。

(A) 是非常現代的

(B) 是相當古老的

(C) 現在是一部著名的電影

(D) 現在幾乎被忘記了

* holiday〔'halə,de〕*n.* 節日
modern〔'madɚn〕*adj.* 現代的
extremely〔ɪk'strimlɪ〕*adv.* 非常；極度地
famous〔'feməs〕*adj.* 有名的
almost〔'ɔl,most〕*adv.* 幾乎　　forget〔fɚ'gɛt〕*v.* 忘記

初級英檢模擬試題⑥詳解

閱讀能力測驗

第一部份：詞彙和結構

1. (**C**)　Use the zebra crossing, <u>or</u> you will be hit by a car.

　　走斑馬線，<u>否則</u>你會被車子撞到。

　　　　連接詞 or 引導的子句，若接在祈使句後，則作「否則」

　　　　解，故依句意應選 (C)。而 (A) and「就會…」，(B) when

　　　　「何時」，(D) for「因為」，皆不合句意。

　　　　* *zebra crossing* 斑馬線　　hit〔 hɪt 〕v. 撞到

2. (**D**)　My father had a <u>mechanic</u> repair our car.

　　我爸爸請<u>技工</u>修理我們的車。

　　　　(A) dentist〔'dɛntɪst 〕n. 牙醫

　　　　(B) journalist〔'dʒɝnl̩ɪst 〕n. 記者

　　　　(C) vendor〔'vɛndɚ 〕n. 小販

　　　　(D) *mechanic*〔 mə'kænɪk 〕n. 技工

　　　　* have〔 hæv 〕v. 使（人）做…

　　　　　repair〔 rɪ'pɛr 〕v. 修理

3. (**A**)　Greg <u>ignored</u> the red light and was fined NT$1800.

　　格瑞格<u>不理會</u>紅燈，被罰了台幣一千八百元。

　　　　(A) *ignore*〔 ɪg'nor 〕v. 勿視；不理會

　　　　(B) illegal〔 ɪ'ligl̩ 〕adj. 犯法的

　　　　(C) past〔 pæst 〕prep. 經過

　　　　(D) drive〔 draɪv 〕v. 開車

　　　　* *red light* 紅燈　　fine〔 faɪn 〕v. 處以罰金

4. (**B**) You have to <u>paste</u> a stamp on the envelope before you
mail it. 在你把它寄出去之前，你必須<u>黏</u>郵票在信封上。

    (A) past〔pæst〕*prep.* 經過

    (B) ***paste***〔pest〕*v.* 黏貼

    (C) post〔post〕*v.* 郵寄；張貼

    (D) pack〔pæk〕*v.* 包裝

    * stamp〔stæmp〕*n.* 郵票

      envelope〔'ɛnvəˌlop〕*n.* 信封   mail〔mel〕*v.* 郵寄

5. (**B**) If my pronunciation is wrong, please <u>correct</u> me.
如果我的發音不正確，請<u>糾正</u>我。

    (A) connect〔kə'nɛkt〕*v.* 連結

    (B) ***correct***〔kə'rɛkt〕*v.* 指正；糾正

    (C) check〔tʃɛk〕*v.* 檢查

    (D) concern〔kən'sɝn〕*v.* 使擔心

    * pronunciation〔prəˌnʌnsɪ'eʃən〕*n.* 發音

      wrong〔rɔŋ〕*adj.* 錯誤的

6. (**B**) He <u>had better</u> show up on time, or he will be fired.
他<u>最好</u>準時出現，否則會被解雇。

    had better「最好」不論主詞是第幾人稱，一律用 "***had***"
better，且後面一律接原形動詞，故選 (B)。

    * ***show up*** 出現   ***on time*** 準時   fire〔faɪr〕*v.* 解雇

7. (**D**) Tim   : <u>How often</u> do you have your car washed?
Duncan : Once a week.
提姆：你<u>多久</u>把車送洗<u>一次</u>？
鄧肯：一星期一次。

    (A) how far 多遠   (B) how soon 多快

(C) how long　多久；多長

(D) *how often*　多久一次

　* have〔hæv〕v. 使（人）做…　　wash〔waʃ〕v. 洗
　once〔wʌns〕adv. 一次

8. (**D**)　She <u>has been talking</u> on the phone for two hours.　Who
　is she talking to?

　她已經講了兩個小時的電話了。她在跟誰說話？

　　從時間副詞 for two hours 及第二句得知，這動作由過去
　　某時開始，一直繼續到現在，仍在進行中，故須用「現在
　　完成進行式」，選 (D)。

　　* *talk on the phone*　講電話

9. (**A**)　Could you <u>lend</u> me some money?　I lost my wallet.

　你可以借我一些錢嗎？我的皮夾不見了。

　　⎧　A lend B *sth.* = A lend *sth.* to B
　　⎨　　A 借給 B 某物（A 借出）
　　⎩　A borrow *sth.* from B　A 向 B 借某物（B 借出）

　　依題意，借出者應為 "you"，故選 (A) *lend*〔lɛnd〕v. 借
　　（出）。若用 (C) borrow〔'baro〕v. 借（入），這句話應
　　改為 Can I borrow some money from you? 主詞要改
　　為 "I"。

　　* lose〔luz〕v. 遺失（三態變化為：lose-lost-lost）
　　wallet〔'walɪt〕n. 皮夾

10. (**A**)　This pen is different <u>from</u> the one I lent you yesterday.

　這枝筆和我昨天借你的那枝不同。

　　要表「與～不同」時，要用 be different from～，故選
　　(A)。

　　* different〔'dɪfərənt〕adj. 不同的

11. (**B**) <u>As soon as</u> he saw the police, he started to run away.
　　　他<u>一</u>看到警察，<u>就</u>開始逃。

　　　　　(A) as long as　只要　　　　(B) ***as soon as***　一…就～
　　　　　(C) as fast as　像…一樣快　　(D) as well as　以及
　　　　　* police〔 pə'lis 〕*n.* 警方　　start〔 start 〕*v.* 開始
　　　　　run away　逃走

12. (**D**) Do you see that man <u>whose</u> coat is red?
　　　你有看到那個外套是紅色的人嗎？

　　　　　先行詞 that man 爲人，故關係代名詞可用 who 或 that，
　　　　　但由空格後的名詞（coat）知，應用具有形容詞性質的關
　　　　　係代名詞的所有格 whose，以修飾其後的名詞，故選 (D)。
　　　　　* coat〔 kot 〕*n.* 外套

13. (**A**) It <u>took</u> me four hours to write this report.
　　　寫這篇報告<u>花了</u>我四個小時。

　　　　　$\begin{cases} 人 + spend + 時間 + (in) \ V\text{-}ing \\ It + take \ (+ \ 人) + 時間 + to \ V. \end{cases}$

　　　　　這題的主詞是 It，故應選 (A)。而 (C) use〔 juz 〕*v.* 使用，
　　　　　(D) cost〔 kɔst 〕*v.* 花費（錢），均不合。
　　　　　* report〔 rɪ'port 〕*n.* 報告

14. (**A**) It's impolite <u>of</u> Kate to say dirty words to the teacher.
　　　凱特對老師說髒話，很沒禮貌。

　　　　　It 是虛主詞，真正的主詞是後面的不定詞片語，而不定詞
　　　　　意義上的主詞，則應在形容詞 impolite 後加 of，再接該
　　　　　主詞，故選 (A)。這類句型中的形容詞必須是對他人的稱
　　　　　讚（如：kind, polite, wise）或責備（如：stupid,
　　　　　impolite）。

* impolite〔͵ɪmpə'laɪt〕*adj.* 無禮的

  dirty〔'dɜtɪ〕*adj.* 髒的

15. (**C**) Jack heard Spot <u>scolded</u> by his master last night.

傑克昨晚聽到點點被他的主人罵。

hear（聽見）為感官動詞，而「點點<u>被</u>主人<u>罵</u>」，故受詞

補語應用「過去分詞」來表被動，故選 (C)。

* hear〔hɪr〕*v.* 聽見【三態變化為：hear-heard〔hɜd〕-

  heard】

  spot〔spɑt〕*n.* 斑點【美國人喜歡將斑點狗取名 Spot】

  master〔'mæstɚ〕*n.* 主人

第二部份：段落填空

Questions 16-21

It was getting dark. Some children and two Canadian

women were still <u>skating</u> on the ice. Suddenly the ice broke.
16

One of the boys fell into the water. The children shouted,

"Help!" They didn't know <u>what</u> to do.
17

天色變得越來越暗，但仍有些小孩和兩個加拿大女生在冰上溜冰。
突然間，冰破了，其中一個小男孩掉入水裡。孩子們大喊「救命！」他
們不知道該怎麼辦。

get〔gɛt〕*v.* 變得　　dark〔dɑrk〕*adj.* 暗的

Canadian〔kə'nedɪən〕*adj.* 加拿大的　*n.* 加拿大人

still〔stɪl〕*adv.* 仍然　　suddenly〔'sʌdn̩lɪ〕*adv.* 突然地

break〔brek〕*v.* 破裂　　*fall into* 掉入

shout〔ʃaʊt〕*v.* 大叫

16. (**B**)　(A)　boat〔bot〕*v.* 划船
　　　　　(B)　***skate***〔sket〕*v.* 溜冰
　　　　　(C)　plant〔plænt〕*v.* 種植
　　　　　(D)　swim〔swɪm〕*v.* 游泳

17. (**C**)　疑問代名詞之後接不定詞，會形成「名詞片語」，四個選項均
　　　　　爲疑問代名詞，但若選 (A) who 或 (B) when，do 的後面須
　　　　　接受詞；若選 (D)，則形成 where to do，不合理；故選 (C)
　　　　　what，形成 what to do 的名詞片語，當 know 的受詞。

　　The two Canadian friends heard them and skated <u>over</u> to get
　　　　　　　　　　　　　　　　　　　　　　　　　　　18
the boy out of the water.　The ice was <u>thin</u>.　The two Canadians
　　　　　　　　　　　　　　　　　　　　19
fell into the water, too.　But they tried their best to save the little
boy.　They knew they must be <u>quick</u>, or the boy would soon die.
　　　　　　　　　　　　　　　　　20
Many people ran over to help.　A young man jumped into the
water to save the three people.　The boy and the two Canadian
women were out of the water <u>at last</u>.
　　　　　　　　　　　　　　　　21

　　那兩個加拿大籍的朋友聽到他們在呼救，所以就溜過去要把小男孩
救出水裡。冰很薄，這兩個加拿大人也掉入水裡，但是她們仍然盡力試
著要救那個小男孩。她們知道她們必須要快，否則小男孩很快就會死
掉。許多人都跑過來幫忙，有個年輕人跳入水裡，去救那三個人。那男
孩和兩個加拿大人，終於離開了水中。

　　　　　hear〔hɪr〕*v.* 聽見　　***try one's best*** 盡力
　　　　　save〔sev〕*v.* 救　　or〔ɔr〕*conj.* 否則
　　　　　soon〔sun〕*adv.* 很快地　　die〔daɪ〕*v.* 死亡
　　　　　jump〔dʒʌmp〕*v.* 跳

18. (**B**)　(A) ahead〔ə'hɛd〕*adv.* 在前面
　　　　　(B) ***over***〔'ovɚ〕*adv.* 向那邊
　　　　　(C) by〔baɪ〕*adv.* 由旁邊經過
　　　　　(D) up〔ʌp〕*adv.* 向某場所接近【後面須接場所名稱】

19. (**D**)　(A) big〔bɪg〕*adj.* 大的　　(B) small〔smɔl〕*adj.* 小的
　　　　　(C) thick〔θɪk〕*adj.* 厚的　　(D) ***thin***〔θɪn〕*adj.* 薄的

20. (**B**)　(A) slow〔slo〕*adj.* 慢的
　　　　　(B) ***quick***〔kwɪk〕*adj.* 快的
　　　　　(C) sorry〔'sɔrɪ〕*adj.* 抱歉的
　　　　　(D) wrong〔rɔŋ〕*adj.* 錯誤的

21. (**D**)　(A) at all 一點也（不）　　(B) at least 至少
　　　　　(C) at first 起初　　　　　(D) ***at last*** 終於

Questions 22-25

　　Our house has two <u>stories</u>. It has three rooms on the second
　　　　　　　　　　　22

floor. One is my brother's room, <u>another</u> is our study room, and
　　　　　　　　　　　　　　　　　23

<u>the other</u> is mine. We <u>have lived</u> in this house for twelve years.
　24　　　　　　　　　　　25

I was born and brought up in this house.

　　我們的房子有兩層樓，二樓有三個房間，一間是我哥哥的房間，一
間是我們的書房，一間是我的房間。我們已經住在這房子十二年了，我
在這個房子出生、長大。

　　　　floor〔flor〕*n.* 樓層　　***study room*** 書房
　　　　mine〔maɪn〕*pron.* 我的（東西）【在此表「我的房間」】
　　　　be born 出生　　***be brought up*** 被撫養長大

22. (**C**)　(A) step〔stɛp〕*n.* 楷梯　　(B) stair〔stɛr〕*n.* 樓梯

　　　　　　(C) *story*〔'storɪ〕*n.* 樓層　(D) ceiling〔'silɪŋ〕*n.* 天花板

23. (**B**)　要分別說明前面提及的三個物件時，要用「one…,
　　　　　another…, and the other….」，故在此應選 (B)。

24. (**D**)　要分別說明前面提及的三個物件時，要用「one…,
　　　　　another…, and *the other*….」，故在此應選 (D)。

25. (**B**)　作者現在還住在這棟房子裡，所以是表「過去持續到現在的
　　　　　狀態」，應用「現在完成式」，故選 (B)。「現在完成式」
　　　　　常與 for, since 所引導的副詞連用，表持續之期間。

第三部份：閱讀理解

Questions 26-27

甜蜜小舖		
5/05/2017		下午 7:26
--------	--------	--------
數量	**品名**	**價格**
1	襯衫	$390
2	牛仔褲	$890/件
1	皮帶	$450
總計		$2,620

sweet〔swit〕*adj.* 甜蜜的
P.M.〔'pi'ɛm〕*adv.* 午後（= *p.m.*）
Qty. = quantity〔'kwɑntətɪ〕*n.* 數量
item〔'aɪtəm〕*n.* 項目　　price〔praɪs〕*n.* 價格

shirt〔ʃɜt〕*n.* 襯衫　　jeans〔dʒinz〕*n. pl.* 牛仔褲
belt〔bɛlt〕*n.* 皮帶　　total〔'totl̩〕*n.* 總計

26. (**D**) 這是一張甜蜜小舖的<u>收據</u>。

(A) notice〔'notɪs〕*n.* 告示

(B) sign〔saɪn〕*n.* 標誌　　(C) check〔tʃɛk〕*n.* 支票

(D) ***receipt***〔rɪ'sit〕*n.* 收據

27. (**A**) 哪一個品目可能可以在甜蜜小舖買到？

(A) ***trousers***〔'traʊzɚz〕*n. pl.* 褲子

(B) carpet〔'kɑrpɪt〕*n.* 地毯　　(C) glue〔glu〕*n.* 膠水

(D) robot〔'robət〕*n.* 機器人

* available〔ə'veləbl̩〕*adj.* 可買到的；可獲得的

Questions 28-30

吃對的食物

下面的金字塔告訴你，每天應該吃什麼種類的食物，會有益健康。

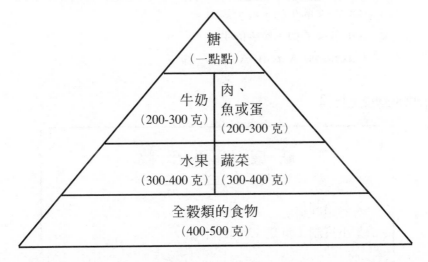

right〔raɪt〕 *adj.* 正確的　　kind〔kaɪnd〕 *n.* 種類
pyramid〔'pɪrəmɪd〕 *n.* 金字塔　　below〔bə'lo〕 *adv.* 在下方
show〔ʃo〕 *v.* 顯示　　healthy〔'hɛlθɪ〕 *adj.* 有益健康的
sugar〔'ʃugɚ〕 *n.* 糖　　milk〔mɪlk〕 *n.* 牛奶
meat〔mit〕 *n.* 肉　　vegetable〔'vɛdʒətəb!〕 *n.* 蔬菜
whole〔hol〕 *adj.* 所有的　　grain〔gren〕 *n.* 穀物
whole-grain *adj.* 全穀類的

28. (**C**) 我們每天應該吃最多的什麼？

　　(A) 肉或魚。　　　　　　(B) 蔬菜。
　　(C) 全穀類食物。　　　　(D) 水果。

29. (**D**) 我們每天應該吃最少的什麼？

　　(A) 牛奶。　　　　　　　(B) 水果。
　　(C) 肉或魚。　　　　　　(D) 糖。

　　* least〔list〕 *adv.* 最少

30. (**A**) 哪一樣應該多吃，牛奶還是肉？

　　(A) 一樣多的牛奶和肉。　(B) 比牛奶少的肉。
　　(C) 較多的牛奶，較少的肉。
　　(D) 較多的肉，較少的牛奶。

　　* ***as much*** A ***as*** B　A 與 B 一樣多

Questions 31-32

威 廉 英 語 學 院

◎ 英語課程

◎ 小班制（每班 12 個學生）

◎ 招收 480 個學生

◎ 八週的課程

詳情請洽：

校長

威廉英語學院

倫敦市蘋果街 38 號

電話：01-123-4567

institute〔'ɪnstə,tjut〕*n.* 學院　　course〔kors〕*n.* 課程
class〔klæs〕*n.* 班　　further〔'fɝðɚ〕*adj.* 更進一步的
information〔,ɪnfɚ'meʃən〕*n.* 訊息
contact〔'kɑntækt〕*n.* 接洽；聯繫
headmaster〔'hɛd'mæstɚ〕*n.* 校長
London〔'lʌndən〕*n.* 倫敦

31. (**C**)　這個學院位於 _____ 。

(A) America〔ə'mɛrɪkə〕*n.* 美國（= *the U.S.A.*）

(B) Australia〔ɔ'streljə〕*n.* 澳洲

(C) **England**〔'ɪŋglənd〕*n.* 英國

(D) Canada〔'kænədə〕*n.* 加拿大

32. (**A**)　這個學院想要得到什麼人？

(A) 學生。

(B) 老師。

(C) 工人。

(D) 醫生。

* have〔hæv〕*v.* 得到

Questions 33-35

Do you celebrate April Fools' Day? In many western countries, on this day, you may play a joke or a funny trick on another person. But your activity must be safe. You must only try to make that person feel foolish. Then you can laugh and yell out "April Fools'."

你有慶祝愚人節嗎？這一天，在許多西方國家，你可以開別人的玩笑，或捉弄別人。但是你的動作必須是安全的。你必須只是試著使那個人覺得愚蠢，然後你可以笑，並且大叫「愚人節快樂」。

celebrate〔'sɛlə,bret〕v. 慶祝　　April〔'eprəl〕n. 四月
fool〔ful〕n. 傻瓜　***April Fools' Day*** 愚人節
western〔'wɛstən〕adj. 西方的　　joke〔dʒok〕n. 笑話
play a joke on sb. 開某人的玩笑
funny〔'fʌnɪ〕adj. 好玩的　　trick〔trɪk〕n. 惡作劇
play a trick on sb. 對某人惡作劇
another〔ə'nʌðɚ〕adj. 另一的　　activity〔æk'tɪvətɪ〕n. 活動
safe〔sef〕adj. 安全的　　make〔mek〕v. 使
feel〔fil〕v. 覺得　　foolish〔'fulɪʃ〕adj. 愚蠢的
then〔ðɛn〕adv. 然後　　laugh〔læf〕v. 笑
yell〔jɛl〕v. 大聲說　　***yell out*** 大叫

The history of April Fools' Day is not totally clear. Some believe it came from several different cultures, and their celebrations involving the first day of spring. Some say it started in France, while others believe it began in England or Scotland. No matter where it started, by the eighteenth century, April Fools' Day had become an international fun day.

愚人節的歷史由來並不是很清楚。有些人認為它來自好幾個不同的文化，以及與春天的第一天有關的慶祝活動。有些人說它始於法國，然

而有些人則認為它開始於英格蘭或蘇格蘭。不管它是從哪裡開始的,到了十八世紀的時候,愚人節就已經變成一個國際性的趣味節日。

history (ˈhɪstrɪ) *n.* 歷史   totally (ˈtotl̩ɪ) *adv.* 全然;完全地
clear (klɪr) *adj.* 清楚的   some (sʌm) *pron.* 有些人
believe (bɪˈliv) *v.* 相信;認為
several (ˈsɛvərəl) *adj.* 幾個   culture (ˈkʌltʃə) *n.* 文化
celebration (ˌsɛləˈbreʃən) *n.* 慶祝活動
involve (ɪnˈvɑlv) *v.* 與…有關   spring (sprɪŋ) *n.* 春天
some…others ~ 有些…有些~   while (hwaɪl) *conj.* 然而
start (stɑrt) *v.* 開始   begin (bɪˈgɪn) *v.* 開始
England (ˈɪŋglənd) *n.* 英格蘭
Scotland (ˈskɑtlənd) *n.* 蘇格蘭
no matter where 不論什麼地方   by (baɪ) *prep.* 在…之前
eighteenth (eˈtinθ) *adj.* 第十八的
century (ˈsɛntʃərɪ) *n.* 世紀   become (bɪˈkʌm) *v.* 變成
international (ˌɪntəˈnæʃən̩l) *adj.* 國際性的
fun (fʌn) *adj.* 有趣的

In early America, one popular trick was to stick a funny note like, "Kick me" or "I'm stupid" on someone's back without them knowing it! Would you ever do that?

在早期的美國,有一個很受歡迎的惡作劇,就是在別人不知情的情況下,在他們背後貼上有趣的紙條,像是「踢我」或「我是笨蛋」!你曾經這麼做過嗎?

early (ˈɝlɪ) *adj.* 早期的   America (əˈmɛrɪkə) *n.* 美國
popular (ˈpɑpjələ) *adj.* 受歡迎的   stick (stɪk) *v.* 貼
funny (ˈfʌnɪ) *adj.* 好笑的   note (not) *n.* 字條
kick (kɪk) *v.* 踢   stupid (ˈstjupɪd) *adj.* 笨的
back (bæk) *n.* 背   without (wɪðˈaʊt) *prep.* 沒有
ever (ˈɛvə) *adv.* 曾經

33. (**B**) 關於愚人節，什麼是重要的事？

(A) 你的惡作劇必須要很好笑。

(B) 你的惡作劇不能造成傷害。

(C) 你不可以說謊。

(D) 你不可以嘲笑別人。

* cause〔kɔz〕v. 造成　　harm〔hɑrm〕n. 傷害
lie〔laɪ〕v. 說謊　　*make fun of sb.* 嘲笑某人

34. (**D**) 這個節日可能是從世界的哪個地方開始的？

(A) 亞洲。　　　　　　(B) 北美洲。

(C) 中東。　　　　　　(D) 歐洲。

* probably〔'prɑbəblɪ〕*adv.* 可能
Asia〔'eʃə〕*n.* 亞洲　　north〔nɔrθ〕*adj.* 北方的
North America 北美洲
middle〔'mɪdḷ〕*adj.* 中間的　　east〔ist〕*n.* 東方
the Middle East 中東　　Europe〔'jʊrəp〕*n.* 歐洲

35. (**C**) 愚人節是一個 ＿＿＿＿＿＿ 的機會。

(A) 生火

(B) 叫別人白痴

(C) 做一些幽默的事

(D) 在陌生人面前裝傻

* chance〔tʃæns〕*n.* 機會　　fire〔faɪr〕*n.* 火
start a fire 升火　　call〔kɔl〕*v.* 叫
idiot〔'ɪdɪət〕*n.* 笨蛋；白痴
humorous〔'hjumərəs〕*adj.* 幽默的
silly〔'sɪlɪ〕*adj.* 愚蠢的　　*in front of* 在…面前
stranger〔'strendʒɚ〕*n.* 陌生人

初級英檢模擬試題 ⑦ 詳解

閱讀能力測驗

第一部份：詞彙和結構

1. (**A**) <u>What kind of</u> drink do you like the most?
   你最喜歡<u>什麼種類的</u>飲料？

   > a kind of 作「一種…」解，故 (B) what a kind of 和 (D) what kind of a 文法錯誤。題目是問「什麼種類的飲料」，即從「眾多」飲料中選出最喜歡的，故飲料種類應不只一種，故 (C) what kind 用法不合。
   > * drink〔drɪŋk〕*n.* 飲料

2. (**B**) I have so <u>little</u> time to prepare for the final exam.
   我只有這麼<u>少的</u>時間準備期末考。

   > (A) few（很少）以及 (C) a few（一些）後只可接「可數名詞」，故在此用法不合。(B) little（很少的）以及 (D) a little（一些的）後只可接「不可數名詞」，但因空格前有一副詞 so（如此地），故應選 (B)，解作「如此少的」，較合理。
   > * prepare〔prɪˈpɛr〕*v.* 準備
   >   final〔ˈfaɪn!〕*adj.* 最後的　　***final exam*** 期末考

3. (**D**) Joan is the most skillful hairdresser <u>that</u> I have ever seen.　瓊是我見過的美髮師中，技巧最好的。

   > 若先行詞之前有最高級形容詞時，關係代名詞只能用 that，故選 (D)。
   > * skillful〔ˈskɪlfəl〕*adj.* 技術精湛的
   >   hairdresser〔ˈhɛrˌdrɛsɚ〕*n.* 美髮師
   >   ever〔ˈɛvɚ〕*adv.* 曾經

4. (**B**) Call an <u>ambulance</u>, please! Someone is hurt.
   請叫<u>救護車</u>！有人受傷了。

   (A) alphabet〔'ælfə,bɛt〕 *n.* 字母（表）
   (B) ***ambulance***〔'æmbjələns〕 *n.* 救護車
   (C) accident〔'æksədənt〕 *n.* 意外
   (D) actress〔'æktrɪs〕 *n.* 女演員
   * call〔kɔl〕 *v.* 叫   hurt〔hɝt〕 *adj.* 受傷的

5. (**D**) Give up smoking, or it will <u>affect</u> your health.
   戒煙吧，否則會<u>影響</u>你的健康。

   (A) offer〔'ɔfɚ〕 *v.* 提供
   (B) improve〔ɪm'pruv〕 *v.* 改進
   (C) increase〔ɪn'kris〕 *v.* 增加
   (D) ***affect***〔ə'fɛkt〕 *v.* 影響
   * ***give up*** 放棄   smoking〔'smokɪŋ〕 *n.* 抽煙
   or〔ɔr〕 *conj.* 否則   health〔hɛlθ〕 *n.* 健康

6. (**D**) I need shrimp. Could you go to the <u>supermarket</u> and
   buy some for me?
   我需要蝦子。你可以去<u>超級市場</u>幫我買一些嗎？

   (A) convenience store 便利商店
   (B) stationery store 文具店
   (C) post office 郵局
   (D) ***supermarket***〔'supɚ,mɑrkɪt〕 *n.* 超級市場
   * shrimp〔ʃrɪmp〕 *n.* 蝦子
   stationery〔'steʃən,ɛrɪ〕 *n.* 文具

7. (**A**) Guava is a bit hard. <u>Why not</u> eat something softer?
   芭樂有點硬。<u>爲什麼不</u>吃軟一點的東西？

Why not~? 是 Why don't + 主詞~? 的簡略說法，為

一表提議的口語用法。因空格後沒有主詞，故應選 (A)。

* guava〔'gwɑvə〕 n. 芭樂　　***a bit*** 有一點

　hard〔hɑrd〕 adj. 硬的

　softer〔'sɔftɚ〕 adj. 較軟的【soft 的比較級】

8. (**C**) We will go mountain climbing if it <u>is</u> a clear day this
Sunday.　如果這個星期天<u>是</u>晴天的話，我們將會去爬山。

表「條件」的副詞子句，應以現在式代替未來式，故

選 (C)。

* ***mountain climbing*** 登山　　clear〔klɪr〕 adj. 晴朗的

9. (**B**) <u>This is</u> Jeff. Is Bruce there? I want to talk to him.
<u>我是</u>傑夫。布魯斯在嗎？我想跟他說話。

在電話中，表明自己的身份時，通常用 This is…，故

選 (B)。

10. (**A**) Let's go for a walk, <u>shall</u> we?　我們去散步，好嗎？

以 Let's 開頭的句子，附加問句中的助動詞，一律用

shall，故選 (A)。

* ***go for a walk*** 去散步

11. (**A**) George is the thinnest of <u>us all</u>.
喬治是<u>我們全部</u>之中最瘦的。

all 與代名詞連用時，當同位格用，須放在代名詞後，且

介系詞 of 後應接受詞，故選 (A)。

* thinnest〔'θɪnɪst〕 adj. 最瘦的【thin 的最高級】

12. (**C**) Chris : Do you like my new necktie?
Jesse : Yes, very much. I'll buy <u>one</u> for my father.

克里斯：你喜歡我新買的領帶嗎？

傑　西：是的，非常喜歡。我要買<u>一條</u>給我爸。

> it 和 one 都可用以代替前面已提過的名詞，兩者的差別在於：it 所指的事物，和前面所提到的是同一個；而 one 所代表的名詞，和前面所提到的名詞是同一類，並非指同一個。傑西要買一條和克里斯一模一樣的領帶，而非向克里斯買他所擁有的那條領帶，故應選 (C) **one**。(B) a 是形容詞，在此不合。若選 (D) the other (necktie)「另外一條（領帶）」，則不合句意。
>
> * necktie〔'nɛk,taɪ〕*n.* 領帶

13. (**B**)　Danny was lucky <u>enough</u> to win the lottery.
丹尼眞是幸運得<u>足以</u>中樂透。

> 「be 動詞 + 形容詞 + enough + to V.」表「～得足以…」，故選 (B)。而 (A) much 當副詞時，通常放在動詞後修飾，而非形容詞後，(C) very 通常只放在其所修飾的名詞之前，(D) 有 Danny was lucky a lot. 的寫法，但其後不可再加不定詞，故不合。
>
> * lucky〔'lʌkɪ〕*adj.* 幸運的
> win〔wɪn〕*v.* 贏【三態變化爲：win-won-won】
> lottery〔'latərɪ〕*n.* 樂透彩

14. (**C**)　Peter is a dishonest person. I don't trust him <u>at all</u>.
彼得是個不誠實的人，我<u>一點也</u>不相信他。

(A) after all　畢竟　　　　　(B) in all　總計

(C) **at all**　一點也（不）　　(D) for all　儘管

> * dishonest〔dɪs'anɪst〕*adj.* 不誠實的
> trust〔trʌst〕*v.* 信任

15. (**D**)　Will you <u>do</u> me a favor?　I can't start my car.
　　　　你可以<u>幫</u>我個忙嗎？我的車子發不動。

　　　　　「幫某人的忙」可用 ***do sb. a favor***，故選 (D)。
　　　　* start〔start〕*v.* 發動

第二部份：段落填空

Questions 16-19

Sam : This menu has a lot of good <u>dishes</u>.　In fact, everything
　　　　　　　　　　　　　　　　　16
　　　　<u>looks</u> delicious.　I'm going to have the roast beef.
　　　　　17

Tom : I've <u>gained</u> a few pounds lately.　I'm going to have fish
　　　　　　　　18
　　　　and salad.

Sam : Tom, you're so thin.　You don't have to <u>diet</u>.　Look at me!
　　　　　　　　　　　　　　　　　　　　　19
　　　　I'm the one who should eat fish and salad.

山姆：這菜單上有好多很好的菜餚。事實上，每一樣看起來都很好吃。
　　　我要吃烤牛肉。

湯姆：我最近胖了幾磅。我要吃魚和沙拉。

山姆：湯姆，你很瘦。你不需要節食。看看我！我才是那個應該吃魚和
　　　沙拉的人。

　　menu〔'mɛnju〕*n.* 菜單　　***in fact*** 事實上
　　delicious〔dɪ'lɪʃəs〕*adj.* 美味的
　　have〔hæv〕*v.* 吃；喝　　roast〔rost〕*adj.* 烤過的
　　beef〔bif〕*n.* 牛肉　　***a few*** 幾個；一些
　　pound〔paʊnd〕*n.* 磅　　lately〔'letlɪ〕*adv.* 最近
　　fish〔fɪʃ〕*n.* 魚　　salad〔'sæləd〕*n.* 沙拉

so〔so〕*adv.* 如此地　　　thin〔θɪn〕*adj.* 瘦的
look at 看

16. (**C**)　(A) snack〔snæk〕*n.* 點心　　(B) cook〔kʊk〕*n.* 廚師
　　　　　　(C) ***dish***〔dɪʃ〕*n.* 菜餚　　(D) price〔praɪs〕*n.* 價格

17. (**D**)　(A) cook〔kʊk〕*v.* 烹調　　(B) check〔tʃɛk〕*v.* 檢查
　　　　　　(C) choose〔tʃuz〕*v.* 選擇　　(D) ***look***〔lʊk〕*v.* 看起來

18. (**B**)　(A) win〔wɪn〕*v.* 贏【三態變化爲：win-won-won】
　　　　　　(B) ***gain***〔gen〕*v.* 增加
　　　　　　(C) lift〔lɪft〕*v.* 舉起
　　　　　　(D) raise〔rez〕*v.* 提高；舉起

19. (**C**)　(A) eat〔it〕*v.* 吃　　　　(B) cook〔kʊk〕*v.* 烹調
　　　　　　(C) ***diet***〔'daɪət〕*v.* 進行節食
　　　　　　(D) wash dishes 洗碗盤

Questions 20-25

　　Thomas Edison was a famous American inventor. When he
was a child, he was always trying out new <u>ideas</u>. Young
　　　　　　　　　　　　　　　　　　　20
Edison was <u>in school</u> for only three months. During those three
　　　　　　21
months he asked his teacher a lot of questions. Most of the
questions were not about his lessons. His teacher thought he
wasn't <u>clever</u> and told his mother to take him out of school.
　　　　22
Edison's mother had to teach him <u>herself</u>. Edison learnt very
　　　　　　　　　　　　　　　23

quickly. He read a lot. Later he became very interested in

science and invented many useful things.
24   25

　　湯瑪斯愛迪生是一個有名的美國發明家。當他還是個小孩子的時候，他總是會試驗新的想法。年輕的愛迪生只上學三個月。在那三個月期間，他問他的老師很多問題，大部分的問題都和所上的課無關。他的老師認為他不聰明，並告訴他的媽媽，把他帶離學校。愛迪生的媽媽必須自己教他。愛迪生學得很快，他讀很多書。後來，他變得對科學非常有興趣，並發明了很多有用的東西。

famous〔'feməs〕adj. 有名的
American〔ə'mɛrɪkən〕adj. 美國的
inventor〔ɪn'vɛntə〕n. 發明家　　**try out** 試驗
during〔'djurɪŋ〕prep. 在…期間　　*most of*… 大部分的…
lesson〔'lɛsn̩〕n. 課程　　think〔θɪŋk〕v. 認為
later〔'letə〕adv. 後來　　become〔bɪ'kʌm〕v. 變得
interested〔'ɪntrɪstɪd〕adj. 感興趣的
invent〔ɪn'vɛnt〕v. 發明

20. (**B**)　(A) answer〔'ænsə〕n. 答案
　　　　　　(B) *idea*〔aɪ'diə〕n. 想法
　　　　　　(C) question〔'kwɛstʃən〕n. 問題
　　　　　　(D) way〔we〕n. 方法

21. (**C**)　(A) at home 在家　　　　(B) on the farm 在農場上
　　　　　　(C) *in school* 上學　　　(D) by the river 在河邊

22. (**B**)　(A) kind〔kaɪnd〕adj. 仁慈的
　　　　　　(B) *clever*〔'klɛvə〕adj. 聰明的
　　　　　　(C) bad〔bæd〕adj. 不好的
　　　　　　(D) forgetful〔fə'gɛtfəl〕adj. 健忘的

23. (**D**) 反身代名詞可放在主詞後，或句尾，用以強調主詞本身，這
句話的主詞是 Edison's mother，第三人稱女性，故選 (D)
herself。

    (A) a lesson 一個教訓   (B) lonely〔'lonlɪ〕*adj.* 寂寞的

24. (**A**) (A) ***science***〔'saɪəns〕*n.* 科學

    (B) art〔ɑrt〕*n.* 藝術

    (C) history〔'hɪstrɪ〕*n.* 歷史

    (D) music〔'mjuzɪk〕*n.* 音樂

25. (**D**) (A) terrible〔'tɛrəbḷ〕*adj.* 可怕的

    (B) common〔'kɑmən〕*adj.* 一般的；常見的

    (C) chemical〔'kɛmɪkḷ〕*adj.* 化學的

    (D) ***useful***〔'jusfəl〕*adj.* 有用的

第三部份：閱讀理解

Questions 26-28

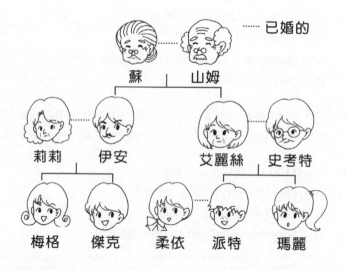

26. (**C**)　誰是瑪莉的堂（表）兄弟姊妹？

　　(A) 莉莉。　　　　　　　　(B) 伊安。

　　(C) <u>傑克</u>。　　　　　　　　(D) 柔伊。

　　* cousin〔ˈkʌzn̩〕n. 堂（表）兄弟姊妹

27. (**C**)　誰是史考特的姪女？

　　(A) 莉莉。　　　　　　　　(B) 傑克。

　　(C) <u>梅格</u>。　　　　　　　　(D) 伊安。

　　* niece〔nis〕n. 姪女

28. (**C**)　誰是瑪莉的嫂嫂或弟妹？

　　(A) 莉莉。　　　　　　　　(B) 梅格。

　　(C) <u>柔伊</u>。　　　　　　　　(D) 沒有人。

　　* sister-in-law〔ˈsɪstərɪnˌlɔ〕n. 姻親的姊妹；嫂嫂；弟妹
　　　none〔nʌn〕pron. 沒有人

Questions 29-31

First invented in the 1940s, TV became very popular in the 1950s. By 1960, almost every U.S. living room had a TV. For over fifty years now, television has influenced the way we live.

電視最早發明於四〇年代，到了五〇年代變得非常受歡迎。到了六〇年代，幾乎每一個美國家庭的客廳，都有一台電視。電視影響了我們的生活方式，到現在已經超過五十年了。

　　invent〔ɪnˈvɛnt〕v. 發明
　　in the 1940s 在一九四〇年代【指 1940～1949 年】
　　become〔bɪˈkʌm〕v. 變得
　　popular〔ˈpɑpjələ〕adj. 受歡迎的　　by〔baɪ〕prep. 到了
　　almost〔ˈɔlˌmost〕adv. 幾乎　　***U.S.*** 美國 (= *United States*)
　　over〔ˈovə〕prep. 超過 (= *more than*)

now〔naʊ〕*adv.* 現在（已經）
influence〔'ɪnflʊəns〕*v.* 影響　　way〔we〕*n.* 方式
live〔lɪv〕*v.* 生活

Children are most affected by television. This worries
many parents and teachers because most TV programs have
no educational value. Cartoons and violent programs are
entertaining, but have no benefits. The biggest worry of parents
and teachers is that TV causes lower math and reading scores.
Because of so much time spent watching TV, children are
spending less time reading and thinking independently.

小孩子受電視的影響最大，這讓許多父母和老師擔心，因為大部分
的電視節目都沒有教育的價值。卡通節目和暴力節目是有趣，但是並沒
有益處。父母和老師最擔心的是，電視造成數學和閱讀的成績降低。因
為孩子花太多的時間看電視，花較少的時間閱讀和獨立思考。

affect〔ə'fɛkt〕*v.* 影響
worry〔'wɝɪ〕*v.* 使擔心　*n.* 擔心
parents〔'pɛrənts〕*n. pl.* 父母
most〔most〕*adj.* 大部分的　　program〔'progræm〕*n.* 節目
educational〔ˏɛdʒə'keʃənḷ〕*adj.* 教育的
value〔'væljʊ〕*n.* 價值　　cartoon〔kar'tun〕*n.* 卡通
violent〔'vaɪələnt〕*adj.* 暴力的
entertaining〔ˏɛntɚ'tenɪŋ〕*adj.* 有趣的；令人愉快的
benefit〔'bɛnəfɪt〕*n.* 益處　　biggest〔'bɪgɪst〕*adj.* 最大的
cause〔kɔz〕*v.* 造成　　lower〔'loɚ〕*adj.* 較低的
score〔skor〕*n.* 分數　　***because of*** 因為
spend〔spɛnd〕*v.* 花（時間）　　less〔lɛs〕*adj.* 較少的
independently〔ˏɪndɪ'pɛndəntlɪ〕*adv.* 獨立地

Kids in America watch more than two hours of TV a day on
weekdays and over five hours a day on weekends. Experts say

that if we all want to do better and be better, we must limit our TV watching.

美國的孩子在平日，一天看兩個小時以上的電視，在週末，一天看超過五個小時的電視。專家說，如果我們想要做得更好，或變得更好，我們就必須限制我們看電視的時間。

kid〔kɪd〕n. 小孩　　America〔ə'mɛrɪkə〕n. 美國
more than 超過　　weekday〔'wik,de〕n. 平日
weekend〔'wik'ɛnd〕n. 週末　　expert〔'ɛkspɜt〕n. 專家
better〔'bɛtə〕adv. 比較好　adj. 比較好的
limit〔'lɪmɪt〕v. 限制

29. (**C**) 為什麼父母和老師擔心電視？

(A) 因為小孩會變得很危險。

(B) 因為犯罪事件增加。

(C) 因為考試成績越來越低。

(D) 因為卡通太無聊了。

* dangerous〔'dendʒərəs〕adj. 危險的
crime〔kraɪm〕n. 犯罪　　rise〔raɪz〕v. 上升
grade〔gred〕n. 成績　　get〔gɛt〕v. 變得
boring〔'borɪŋ〕adj. 無聊的

30. (**C**) 大部分的美國人什麼時候有電視？

(A) 超過一百年以前。　　(B) 超過七十年以前。

(C) 在五〇年代。　　　　(D) 在四〇年代。

* century〔'sɛntʃərɪ〕n. 世紀

31. (**D**) 美國的小孩一個星期大約看幾個小時的電視？

(A) 超過四十小時。　　(B) 三十小時左右。

(C) 十四小時。　　　　(D) 約二十小時。

* around〔ə'raʊnd〕adv. …左右

Question 32

> # 請勿踐踏草坪

keep off 不進入　　grass〔græs〕*n.* 草；草坪

32.(**D**) 此告示牌是什麼意思？

(A) 請多種一些草。　　(B) 把草存放在安全的地方。

(C) 不要離開草坪。　　(D) <u>不要走上草坪。</u>

* sign〔saɪn〕*n.* 告示牌　　mean〔min〕*v.* 意思是
plant〔plænt〕*v.* 種植　　keep〔kip〕*v.* 把…存放
safe〔sef〕*adj.* 安全的　　leave〔liv〕*v.* 離開

Questions 33-35

> # 工作申請表
>
> **姓名**：陳大衛
> **地址**：新竹市大學路 123 號
> **電話**：(03) 222-3456
>
> | | |
> |---|---|
> | **高　中** | 成功高中 |
> | **重要課程** | 電腦三年；數學四年；化學兩年 |
> | **語　言** | 日文三年（讀、寫、說）；法文兩年（讀、寫） |
> | **經　驗** | 送報紙；在史密斯餐廳當點餐人員 |
> | **興　趣** | 我喜歡旅行和打籃球。放學後，我常和我的朋友打籃球，而且我通常會在假期時去旅行。我喜歡和人們一起工作，並幫助他們。 |

job〔dʒɑb〕n. 工作

application〔ˌæpləˈkeʃən〕n. 申請；應徵

form〔fɔrm〕n. 表格　　address〔əˈdrɛs, ˈædrɛs〕n. 地址

phone number 電話號碼　　key〔ki〕adj. 重要的；主要的

course〔kors〕n. 課程　　computer〔kəmˈpjutə〕n. 電腦

math〔mæθ〕n. 數學（= *mathematics*）

chemistry〔ˈkɛmɪstrɪ〕n. 化學

Japanese〔ˌdʒæpəˈniz〕n. 日文　　reading〔ˈridɪŋ〕n. 閱讀

writing〔ˈraɪtɪŋ〕n. 書寫　　speaking〔ˈspikɪŋ〕n. 說

French〔frɛntʃ〕n. 法文　　experience〔ɪkˈspɪrɪəns〕n. 經驗

deliver〔dɪˈlɪvə〕v. 遞送　　newspaper〔ˈnjuzˌpepə〕n. 報紙

order〔ˈɔrdə〕n. 點（的菜）

take food order 記下（客人）點的菜

Smith's 史密斯餐廳（= *Smith's Restaurant*）

interest〔ˈɪntrɪst〕n. 興趣　　traveling〔ˈtrævl̩ɪŋ〕n. 旅行

holiday〔ˈhɑləˌde〕n. 假日　　enjoy〔ɪnˈdʒɔɪ〕v. 喜歡

33. (**C**) 在表格裡我們找不到陳大衛的 _____。

　　(A) 興趣　　　　　　　　(B) 地址

　　(C) **age**〔edʒ〕n. 年齡　　(D) 經驗

34. (**A**) 他曾經在哪裡工作過？

　　(A) 在餐廳。　　　　　　(B) 在警察局。

　　(C) 在郵局。　　　　　　(D) 在電腦公司。

　　* ever〔ˈɛvə〕adv. 曾經　　restaurant〔ˈrɛstərənt〕n. 餐廳
　　police station 警察局　　**post office** 郵局
　　company〔ˈkʌmpənɪ〕n. 公司

35. (**D**) 大衛最喜歡的運動是什麼？

　　(A) 電腦。　　(B) 旅行。　　(C) 數學。　　(D) 籃球。

　　* favorite〔ˈfevərɪt〕adj. 最喜愛的
　　exercise〔ˈɛksəˌsaɪz〕n. 運動

初級英檢模擬試題⑧詳解

閱讀能力測驗

第一部份：詞彙和結構

1. (**C**) Nara forgot <u>to eat</u> her dinner, so she ate at 11 p.m.

   娜拉忘記<u>去吃</u>晚餐，所以她在晚上十一點吃。

   > forget + V-ing　忘記已做～【動作已做】
   > forget + to V.　忘記去做～【動作未做】

   依句意「她在晚上十一點吃」，表示她忘了吃，故選 (C)
   to eat。

   * forget〔fə'gɛt〕v. 忘記
   　p.m.〔'pi'ɛm〕adv. 下午；午後（= P.M.）

2. (**A**) I'll <u>leave</u> a light on for you if you come home late.

   你如果晚回家，我會<u>留</u>個燈給你。

   「leave + 受詞（a light）+ 受詞補語（on）」作「使…
   處於某種狀態」解，故依句意，應選 (A)。

   * light〔laɪt〕n. 燈　　on〔ɑn〕adv.（電器）開著
   　late〔let〕adv. 晚

3. (**A**) The little girl who is walking a dog is my <u>niece</u>.

   那個正在遛狗的小女孩是我<u>姪女</u>。

   (A) ***niece***〔nis〕n. 姪女；外甥女
   (B) nephew〔'nɛfju〕n. 姪兒；外甥
   (C) aunt〔ænt〕n. 阿姨
   (D) female〔'fimel〕n. 女性

   * walk〔wɔlk〕v. 遛（狗）

4. (**B**) It was raining, so my mother didn't allow me to swim <u>in</u> the river. 當時正在下雨，所以我母親不准我<u>在</u>河裡游泳。

(A) on〔ɑn〕*prep.* 在…上面
(B) *in*〔ɪn〕*prep.* 在…裡面
(C) by〔baɪ〕*prep.* 在…旁邊
(D) at〔æt〕*prep.* 在…（地點）

游泳應是在河裡，故應選 (B)。

*rain〔ren〕*v.* 下雨　　allow〔ə'laʊ〕*v.* 允許
swim〔swɪm〕*v.* 游泳　　river〔'rɪvɚ〕*n.* 河

5. (**A**) My teacher <u>indicated</u> many spelling mistakes in my English composition.
我的老師在我的英文作文裡，<u>指出</u>很多拼字的錯誤。

(A) *indicate*〔'ɪndə,ket〕*v.* 指出
(B) inspire〔ɪn'spaɪr〕*v.* 激勵；給予靈感
(C) interrupt〔,ɪntə'rʌpt〕*v.* 打斷
(D) invent〔ɪn'vɛnt〕*v.* 發明

*spelling〔'spɛlɪŋ〕*n.* 拼字
mistake〔mə'stek〕*n.* 錯誤
composition〔,kɑmpə'zɪʃən〕*n.* 作文

6. (**B**) I am just an <u>ordinary</u> person. I just want a regular life.
我只是個<u>平凡</u>人。我只想過普通的生活。

(A) evil〔'ivl〕*adj.* 邪惡的
(B) *ordinary*〔'ɔrdn,ɛrɪ〕*adj.* 普通的；平凡的
(C) excellent〔'ɛkslənt〕*adj.* 優秀的
(D) intelligent〔ɪn'tɛləgənt〕*adj.* 聰明的

*regular〔'rɛgjəlɚ〕*adj.* 普通的；一般的
life〔laɪf〕*n.* 生活

7. (**D**) Jason : My secretary didn't <u>attend</u> yesterday's meeting.
  Jane : You mean she was absent from the meeting.
  傑森：我的秘書沒有<u>參加</u>昨天的會議。
  珍 ：你是指那個會議她缺席了。

  (A) enter〔ˋɛntɚ〕*v.* 進入
  (B) prepare〔prɪˋpɛr〕*v.* 準備
  (C) report〔rɪˋport〕*v.* 報告
  (D) ***attend***〔əˋtɛnd〕*v.* 參加

  * secretary〔ˋsɛkrə͵tɛrɪ〕*n.* 秘書
    meeting〔ˋmitɪŋ〕*n.* 會議 mean〔min〕*v.* 意思是
    absent〔ˋæbsn̩t〕*adj.* 缺席的

8. (**C**) J.K. Rowling is one of the <u>most famous</u> writers in the world. J.K. 羅琳是世界上<u>最知名</u>的作家之一。

  由句尾的 in the world 可知，其比較的對象有三者以上，故應選 (C)，famous 的最高級。

  * ***J.K. Rowling*** J.K. 羅琳【《哈利波特》的作者】
    famous〔ˋfeməs〕*adj.* 有名的 writer〔ˋraɪtɚ〕*n.* 作家

9. (**D**) Mary is not smart <u>but</u> diligent.
  瑪麗不聰明，<u>但是</u>很勤奮。

  這題依句意應選 (D) ***but***，形成 not A but B「不是 A 而是 B」的句型。smart 和 diligent 都是形容詞，應選連接詞，故 (A) 不合。句中並沒有比較級的形容詞，故 (B) 不合。
  (C) as 作「如…一般」解，在此不合。

  * smart〔smart〕*adj.* 聰明的
    diligent〔ˋdɪlədʒənt〕*adj.* 勤勉的

10. (**B**) <u>Seldom</u> do I stay at home during holidays.
  假日時我<u>很少</u>待在家。

主詞與動詞倒裝，但句尾不是問號，故應選 (B) *Seldom*。
表否定意味的副詞放在句首時，句子須倒裝。

* seldom〔'sɛldəm〕*adv.* 很少
  stay〔ste〕*v.* 停留
  holiday〔'halə,de〕*n.* 假日

11. (**D**)　Jason　:　Didn't you take the garbage out yet?
　　　　　　　Jane　　:　<u>No, I didn't.</u>　The garbage truck hasn't come yet.
　　　　　傑森：妳還沒把垃圾拿出去嗎？
　　　　　珍　：<u>是的，我沒有拿。</u>垃圾車還沒來。

不帶疑問詞的疑問句，通常用 yes 或 no 回答。且若回答
yes，則其後的句子應為肯定；若回答 no，則其後的句子
應為否定，即使是否定的疑問句，也要遵守上述的原則，
故選 (D)。

* ***take out*** 拿出去　　　garbage〔'gɑrbɪdʒ〕*n.* 垃圾
  yet〔jɛt〕*adv.* 尚（未）【用於否定句】
  truck〔trʌk〕*n.* 卡車　　***garbage truck*** 垃圾車

12. (**B**)　I am used to <u>brushing</u> my teeth before going to bed.
　　　　　我習慣在上床睡覺前<u>刷</u>牙。

be used to「習慣～」中的 to 是介系詞，故其後應接名
詞或動名詞，故選 (B)。

* brush〔brʌʃ〕*v.* 刷
  tooth〔tuθ〕*n.* 牙齒【複數形為 teeth〔tiθ〕】
  go to bed 上床睡覺

13. (**C**)　Dinah has lived in Iland <u>since</u> 1981.
　　　　　黛娜<u>從</u> 1981 年就已經住在宜蘭了。

現在完成式可表「過去持續到現在的動作或狀態」，所以
黛娜現在仍住在宜蘭，故 (A) before 和 (B) in 不合。

現在完成式常與 since 和 for 連用，當它們都作介系詞
時，其差異為：

$\begin{cases} \text{since} + 特定時間點 & 自…以來 \\ \text{for} + 時間長度 & 在…期間一直 \end{cases}$

故應選 (C)。

* *Iland* 宜蘭

14. (**C**) The baby was made <u>to cry</u> by the big noise.
   那很大的噪音使小嬰兒哭了。

   使役動詞的主動與被動，其差異如下：

   $\begin{cases} \text{A make} + \text{B} + \text{V.} & \text{A 使 B} \sim \\ = \text{B} + \text{be made} + \text{to V.} + \text{by A} \end{cases}$

   這題是被動，故應選 (C)。

   * noise〔nɔɪz〕*n.* 噪音

15. (**B**) It's <u>such</u> a nice day that many people are going on a
   picnic. 今天天氣這麼好，所以很多人去野餐。

   空格後是一名詞片語（a nice day），故應選形容詞
   (B) *such* 來修飾。

   * *such…that~* 如此…所以~   *go on a picnic* 去野餐

第二部份：段落填空

Questions 16-21

   Last Friday I got really wet from head to <u>toe</u>. After
                                            16
<u>finishing</u> work, I left <u>for</u> home on my old bicycle. I was going
   17   18
fast because it was <u>about</u> to rain. After five minutes, my bike
                    19

broke down <u>with</u> a strange noise. Just then, it started to rain.
  20
I walked my bike home quickly in the rain. I didn't complain

because I didn't get hurt. <u>Actually</u>, it felt kind of refreshing to
  21
feel the water washing down on me.

　　上星期五，我從頭到腳濕透了。工作完之後，我騎我的老腳踏車回
家。因為快下雨了，所以我騎得很快。五分鐘之後，我的腳踏車在發出
怪聲的同時，壞掉了。就在當時，開始下雨了。在雨中，我快速地推著
我的腳踏車走回家。我並沒有抱怨，因為我沒受傷。事實上，水沖洗著
我，讓我感覺有些神清氣爽。

　　　get〔gɛt〕v. 成為…狀態　　really〔'riəlɪ〕adv. 實在
　　　wet〔wɛt〕adj. 濕的　　fast〔fæst〕adv. 迅速地
　　　break down 發生故障　　strange〔strendʒ〕adj. 奇怪的
　　　noise〔nɔɪz〕n. 雜音；噪音　　**just then** 正當那時
　　　start〔stɑrt〕v. 開始　　walk〔wɔk〕v. 把（自行車）推著走
　　　home〔hom〕adv. 往家　　complain〔kəm'plen〕v. 抱怨
　　　get hurt 受傷　　feel〔fil〕v. 使人覺得　　**kind of** 有一點
　　　refreshing〔rɪ'frɛʃɪŋ〕adj. 令人爽快的　　**wash down** 沖洗

16. (**D**)　(A) ankle〔'æŋkl̩〕n. 腳踝
　　　　　　(B) wrist〔rɪst〕n. 手腕
　　　　　　(C) elbow〔'ɛl,bo〕n. 手肘
　　　　　　(D) **toe**〔to〕n. 腳趾　　**from head to toe** 從頭到腳

17. (**C**)　after 可當連接詞或介系詞，由選項中均無主詞可知，after
　　　　　　在這裡當介系詞，介系詞後只能接名詞或動名詞，故應選
　　　　　　(C) **finishing**。　　*finish〔'fɪnɪʃ〕v. 完成

18. (**B**)　主角工作完成，要回家了，故應選 (B) **for** 形成 **leave for**
　　　　　　「動身前往」。

19. (**B**) 天空不會「被」下雨,所以若選 (A)(C) 會形成被動態,不合句意。(D) almost 可直接修飾動詞,動詞前不可加 to,故 (D) 用法不合。故選 (B) *about* 形成 *be about to*「即將」。

20. (**C**) 按照句意,應選 (C) *with*「與…同時」。

21. (**A**) (A) *actually* 〔'æktʃʊəlɪ〕*adv.* 事實上
     (B) usually 〔'juʒʊəlɪ〕*adv.* 通常
     (C) finally 〔'faɪnḷɪ〕*adv.* 最後;終於
     (D) probably 〔'prɑbəblɪ〕*adv.* 可能

Questions 22-25

The second <u>term</u> started today. It was very hard <u>for</u> me to
     22   23

get up at six-thirty this morning. But it was nice to see my

classmates again after one month. The first class was math.

I'm not good <u>at</u> math, so I felt the period was very long.
      24

After school, my tennis club had a meeting. After the meeting,

we spent an hour <u>playing</u> tennis.
        25

　　第二學期今天開始。今天早上六點半起床,對我來說非常困難。但是很高興在一個月之後,再次看到我的同學們。第一堂課是數學。我的數學不好,所以我覺得這堂課好長。放學之後,我的網球社有個會議。會議之後,我打了一個小時的網球。

second 〔'sɛkənd〕*adj.* 第二的　　start 〔start〕*v.* 開始
hard 〔hard〕*adj.* 困難的　　*get up* 起床
nice 〔naɪs〕*adj.* 愉快的;高興的
math 〔mæθ〕*n.* 數學 (= *mathematics*)

period〔'pɪrɪəd〕*n.* 期間　　long〔lɔŋ〕*adj.* 長的；久的
tennis〔'tɛnɪs〕*n.* 網球　　club〔klʌb〕*n.* 社團
meeting〔'mitɪŋ〕*n.* 會議　　spend〔spɛnd〕*v.* 花（時間）

22. (**C**)　(A) class〔klæs〕*n.* 課程
　　　　　　(B) exam〔ɪg'zæm〕*n.* 考試
　　　　　　　　(= *examination*〔ɪg,zæmə'neʃən〕)
　　　　　　(C) *term*〔tɝm〕*n.* 學期
　　　　　　(D) season〔'sizn̩〕*n.* 季節

23. (**A**)　這是一個句型：主詞 + be 動詞 + 形容詞 + for + 受詞，作
　　　　　「某事對某人而言是~」解，故選 (A)。

24. (**B**)　*be good at* 擅長於

25. (**C**)　「花時間做某事」的句型為：spend + 時間 + (in) + V-ing，
　　　　　故應選 (C) *playing*。　　＊*play tennis* 打網球

第三部份：閱讀理解

Questions 26-28

四月				
蘋果中學				
星期一	星期二	星期三	星期四	星期五
1/ 學校會議	2/ 籃球小組 會議	3/ 藝術展 ——	4/ ——▶	5/ 野餐
8/ 電腦小組 會議	9/ 實地調查 旅行	10/ 歌唱小組 會議	11/ 英文小組 會議	12/ 棒球小組 會議

15/ 學校會議	16/ 半天： 中午放學	17/ 電影欣賞： 變臉	18/ 科學小組 會議	19/ 才藝表演
22/ 考試 ——————	23/	24/	25/	26/ ⟶
29/ 畢業會議				

April〔'eprəl〕*n.* 四月
middle〔'mɪdḷ〕*adj.* 中等的　　***middle school*** 中學
meeting〔'mitɪŋ〕*n.* 會議
basketball〔'bæskɪt,bɔl〕*n.* 籃球
group〔grup〕*n.* 團體　　art〔ɑrt〕*adj.* 藝術的
show〔ʃo〕*n.* 展示　　field〔fild〕*n.* 田野
trip〔trɪp〕*n.* 旅行　　***field trip*** 野外實地調查旅行
baseball〔'bes'bɔl〕*n.* 棒球
half〔hæf〕*adj.* 一半的　　leave〔liv〕*v.* 離開
noon〔nun〕*n.* 正午　　film〔fɪlm〕*n.* 電影
Face Off 電影名【台灣譯為《變臉》】
science〔'saɪəns〕*n.* 科學
talent〔'tælənt〕*n.* 才能
exam〔ɪg'zæm〕*n.* 考試（= *examination*〔ɪg,zæmə'neʃən〕）
graduation〔,grædʒu'eʃən〕*n.* 畢業

26. (**C**) 學生們在四月有_____學校會議。

　　(A) 六次　　　　　　(B) 三次
　　(C) 二次　　　　　　(D) 一次

　　* time〔taɪm〕*n.* 次數
　　　twice〔twaɪs〕*adv.* 兩次
　　　once〔wʌns〕*adv.* 一次

27. (**A**) 由上面的圖表我們可以看出，這個學校有兩個_____團體。

　　　(A) ***sports*** 〔 sports 〕 *adj.* 運動的
　　　(B) art 〔 art 〕 *adj.* 藝術的
　　　(C) science 〔'saɪəns 〕 *n.* 科學
　　　(D) language 〔'læŋgwɪdʒ 〕 *n.* 語言
　　　* above 〔 ə'bʌv 〕 *adj.* 上面的　　chart 〔 tʃɑrt 〕 *n.* 圖表

28. (**B**) 藝術展持續多久？

　　　(A) 一天。　　　　　　(B) 二天。
　　　(C) 三天。　　　　　　(D) 四天。
　　　* ***How long ~ ?*** ～多久？　　last 〔 læst 〕 *v.* 持續

Question 29

徵　人

全　職

一週工作五天

有經驗的麵包師父

＊＊＊

史都華麵包店

wanted 〔'wɑntɪd 〕 *adj.* 徵求…的
full-time 〔'ful'taɪm 〕 *adj.* 全職的
experienced 〔 ɪk'spɪrɪənst 〕 *adj.* 經驗豐富的
baker 〔'bekɚ 〕 *n.* 麵包師父
Stewart 〔'stjuɚt 〕 *n.* 史都華【男子名】
bakery 〔'bekərɪ 〕 *n.* 麵包店

29. (**D**)　史都華麵包店需要哪一種人？

(A) 全職賣麵包的人。　　(B) 會經營麵包店的員工。
(C) 有經驗的廚師。　　　(D) <u>做烘焙工作很多年的人。</u>

* kind〔kaɪnd〕n. 種類　　need〔nid〕v. 需要
sell〔sɛl〕v. 賣；銷售　　bread〔brɛd〕n. 麵包
employee〔͵ɛmplɔɪˈi〕n. 員工
manage〔ˈmænɪdʒ〕v. 經營；管理　　bake〔bek〕v. 烘焙

Questions 30-32

下面的圖表顯示向五個國家的父母調查的結果，題目是：為什麼孩子對他們很重要。他們被要求從七個選項中，選出最重要的三個主要原因。例如：對日本父母而言，最重要的三個原因是：第四項—強化家族關係（百分之五十一）、第五項—藉由養育孩子來自我提升（百分之六十）、第七項—養育有責任感的公民（百分之四十五）。

項　目	日本	韓國	美國	英國	法國
①看到自己能在未來的世代繼續存在	35%	31%	32%	17%	59%
②傳宗接代	24%	68%	28%	17%	26%
③養兒防老	10%	38%	8%	7%	8%
④強化家族關係	51%	25%	50%	55%	66%
⑤藉由養育孩子來自我提升	60%	19%	54%	69%	35%
⑥喜歡養育孩子	20%	19%	50%	71%	39%
⑦養育有責任感的公民	45%	40%	46%	28%	15%

following〔ˈfɑləwɪŋ〕adj. 下列的　　chart〔tʃɑrt〕n. 圖表
show〔ʃo〕v. 顯示　　result〔rɪˈzʌlt〕n. 結果
survey〔səˈve〕n. 調查　　country〔ˈkʌntrɪ〕n. 國家

choose〔tʃuz〕*v.* 選擇　　main〔men〕*adj.* 主要的
reason〔ˈrizn̩〕*n.* 理由　　*for example* 例如
Japanese〔͵dʒæpəˈniz〕*adj.* 日本的　　item〔ˈaɪtəm〕*n.* 項目
strengthen〔ˈstrɛŋθən〕*v.* 加強　　ties〔taɪz〕*n.* 關係；情分
family ties 家族關係　　develop〔dɪˈvɛləp〕*v.* 發展
through〔θru〕*prep.* 透過；經由　　raise〔rez〕*v.* 養育
responsible〔rɪˈspɑnsəbl̩〕*adj.* 有責任的
citizen〔ˈsɪtəzn̩〕*n.* 公民　　Japan〔dʒəˈpæn〕*n.* 日本
Korea〔kəˈriə〕*n.* 韓國
U.S.A. 美國（= *United States of America*）
Britain〔ˈbrɪtən〕*n.* 英國　　France〔fræns〕*n.* 法國
continue on 繼續存在　　future〔ˈfjutʃɚ〕*adj.* 未來的
generation〔͵dʒɛnəˈreʃən〕*n.* 世代　　keep〔kip〕*v.* 保存
line〔laɪn〕*n.* 血統　　receive〔rɪˈsiv〕*v.* 接受
care〔kɛr〕*n.* 照顧　　*old age* 老年
enjoy〔ɪnˈdʒɔɪ〕*v.* 喜歡；享受

30. (**D**)　在所有的國家中，只有 ＿＿＿＿＿＿ 父母認為，傳宗接代是
養育孩子最重要的理由。

(A) American〔əˈmɛrɪkən〕*adj.* 美國的

(B) French〔frɛntʃ〕*adj.* 法國的

(C) Japanese〔͵dʒæpəˈniz〕*adj.* 日本的

(D) *Korean*〔kəˈriən〕*adj.* 韓國的

* among〔əˈmʌŋ〕*prep.* 在…之間
think〔θɪŋk〕*v.* 認為

31. (**B**)　大部分的國家認為，哪一個項目是他們養育孩子主要的理由
之一？

(A) 項目一。　　　　　　(B) 項目四。

(C) 項目五。　　　　　　(D) 項目六。

* most〔most〕*adj.* 大多數的

32. (**B**) 哪兩個國家養育小孩有相同的主要理由？

    (A) 日本和韓國。   (B) <u>美國和英國。</u>

    (C) 英國和法國。   (D) 日本和美國。

Questions 33-35

    Mozart was born in 1756. Everyone knows he was one of the world's most famous music composers. Mozart had an amazing early life. He was writing excellent music by the age of five. At the age of six, he was playing for kings and queens all over Europe. His talent and genius made him very famous.

    莫札特生於 1756 年。大家都知道他是世界上最知名的作曲家之一。莫札特有個令人驚訝的早年生活，當他五歲時，就寫了很棒的音樂。六歲時，他向全歐洲的國王和皇后演奏。他的才能和天份使他非常有名。

Mozart〔'mozɑrt〕*n.* 莫札特	**be born** 出生
famous〔'feməs〕*adj.* 有名的	
composer〔kəm'pozɚ〕*n.* 作曲家	
amazing〔ə'mezɪŋ〕*adj.* 驚人的	
early〔'ɝlɪ〕*adj.* 初期的	life〔laɪf〕*n.* 生活
excellent〔'ɛksḷənt〕*adj.* 極好的	
play〔ple〕*v.* 演奏	**all over** 遍及
Europe〔'jurəp〕*n.* 歐洲	talent〔'tælənt〕*n.* 才能
genius〔'dʒinjəs〕*n.* 天才	make〔mek〕*v.* 使…變得~

    However, Mozart's adult life was a difficult one. He never really found a steady (穩定的) job that could last for more than a year. He was too impatient to teach and most jobs creating music were only part-time. Therefore, Mozart was always struggling to find work. He often spent too much money so that he often had to borrow money.

然而，莫札特的成年生活卻很艱難。他從沒找到一個真正可以持續一年以上的穩定工作。他太沒耐心了，以致於不能教書，而且大部分創作音樂的工作，都只是兼差性質的。因此，莫札特老是很掙扎地在找工作。他常常花太多錢，以致於常常需要借錢。

however〔hau'ɛvɚ〕*adv.* 然而
adult〔ə'dʌlt〕*adj.* 成年的
difficult〔'dɪfə,kʌlt〕*adj.* 困難的
really〔'riəlɪ〕*adv.* 真正地
steady〔'stɛdɪ〕*adj.* 穩定的　　job〔dʒɑb〕*n.* 工作
last〔læst〕*v.* 持續　　***too···to~*** 太···以致於不能~
impatient〔ɪm'peʃənt〕*adj.* 沒耐心的
create〔krɪ'et〕*v.* 創造
part-time〔'pɑrt'taɪm〕*adj.* 兼差的
therefore〔'ðɛr,for〕*adv.* 因此
struggle〔'strʌgl̩〕*v.* 掙扎
spend〔spɛnd〕*v.* 花（錢）　　***so that*** 所以；以便於
borrow〔'bɑro〕*v.* 借（入）

It's a pity that Mozart died from a high fever and brief illness at the young age of 35. It is even sadder because he died poor and almost all alone.

遺憾的是，莫札特在三十五歲就死於高燒和短暫的疾病。甚至更令人悲傷的是，因為他死的時候很窮，而且幾乎是孤單一人。

pity〔'pɪtɪ〕*n.* 遺憾的事　　***die from***··· 因···而死
fever〔'fivɚ〕*n.* 發燒　　brief〔brif〕*adj.* 短暫的
illness〔'ɪlnɪs〕*n.* 疾病　　even〔'ivən〕*adv.* 甚至
sad〔sæd〕*adj.* 悲傷的　　poor〔pur〕*adj.* 窮的
die poor 死的時候很窮　　alone〔ə'lon〕*adj.* 孤獨的
all alone 孤單地

33. (**C**) 莫札特做了什麼驚人的事？

    (A) 他只活了三十五年。

    (B) 他背誦了許多名字和號碼。

    (C) <u>他在許多國家表演。</u>

    (D) 他教國王和皇后音樂。

    * memorize〔'mɛmə,raɪz〕v. 背誦

      perform〔pə'fɔrm〕v. 表演

34. (**D**) 莫札特的一生，有 _____ 的困擾。

    (A) 和家人相處   (B) 找學生來教

    (C) 聽力   (D) <u>賺錢和存錢</u>

    * during〔'djurɪŋ〕prep. 在…期間

      have trouble with … 有…的麻煩（困擾）

      have trouble (in) V-ing … 很難～

      pupil〔'pjupl〕n. 學生   hearing〔'hɪrɪŋ〕n. 聽力

      make money 賺錢   save〔sev〕v. 儲存

35. (**B**) 莫札特最後發生什麼事？

    (A) 他染上熱病，因而變聾。

    (B) <u>一場病造成他的英年早逝。</u>

    (C) 他死於寂寞。

    (D) 他在一場意外中喪生。

    * finally〔'faɪnlɪ〕adv. 最後   ***～happen to*** … ～發生在…

      catch〔kætʃ〕v. 染上（病）

      fever〔'fivɚ〕n. 熱病；發燒

      deaf〔dɛf〕adj. 聾的   cause〔kɔz〕v. 造成

      early〔'ɝlɪ〕adj.（比預期）早的   death〔dɛθ〕n. 死亡

      die of … 因…而死   loneliness〔'lonlɪnɪs〕n. 寂寞

      be killed（因意外而）死亡

      accident〔'æksədənt〕n. 意外